瞬殺怪談
業

我妻俊樹
伊計　翼
小田イ輔
黒木あるじ
黒　史郎
小原　猛
神　薫
鈴木呂亜
つくね乱蔵
平山夢明

竹書房文庫

瞬殺怪談　業

警告

　通勤で使うバスの停留所付近に古い家がある。

　昔は大層立派な家だったのだろうが現在は廃墟化しており、当然ながら人は住んでおらず、たまに野良猫が勝手に出入りしているのを見る。

　門扉のある側の塀に一部タイル張りのような箇所があり、そこに太い赤字で『警こく』と書かれている。何に対しての警告かわからないところが不気味であり、近隣住民も近寄るのを避けているようだった。


「ここね、無人じゃないのよ」

　ある朝、このバス停でよく会うおばさんが初めて話しかけてきた。

　そうなんですかと訊くと、

「だって、変な人が出入りしてるのたまに見るもの。宗教かなんかじゃない？　もう壊しちゃえばいいのにね、こんな家」


　うあああっ、あっ、あああーっ。

家の中から突然、叫び声が聞こえ、窓だと思っていなかった場所がガラリと開いて、そこから赤いものを塗りたくった中年男性の顔がヌッと現れた。

「けいこくしたぞ」

それだけ叫ぶと顔は引っ込み、ガラリと閉まって窓はどこかわからなくなった。

呆然として我に返ると、おばさんの姿はなかった。

職場に着いてから、左足の親指がバックリと割れているのに気づいた。摘《つま》めば膿《うみ》が滲《にじ》みだすほど化膿してしまい、完治に二か月もかかった。

あのおばさんとは、あれから一度も会っていない。

おいでよ

瑞稀さんは就活がうまくいかず落ち込んでいたとき廃屋の前を通ったら、なんだか気分の浮かれるような音楽が建物のほうから聞こえてきたので思わず耳を澄ませたところ、

「みずきもこっちおいでよー」

と声がした。

驚きつつ「知り合いでもいるのかな?」と裏に回ってみたところ、草ぼうぼうの庭にどこかから集めてきたような古い石地蔵や石碑がでたらめに並べられていた。

いつのまにか音楽も止んでいて、辺りはしんと静まり返っていたという。

ノック

「隣の家は庭で数羽の鶏《にわとり》を飼っていました、で、卵を産むんですね」

朝方、コンコン、と部屋の窓をノックされカーテンを開けると、隣家のオジサンが「朝食にどうぞ」と、よく産みたての卵をわけてくれた。

「でも私が中学に上がる前に夜逃げしちゃったんですよ、隣の一家」

その際にオジサンは鶏を全部殺して、ケージに放置して行ったそうだ。

しかし、朝方になると、もういないハズの鶏の鳴き声が聞こえてくることがたびたびあった。

「ああ、死んでしまっても、魂みたいなものが残ってるんだなって、それは別に怖くはなかったです」

「ただ、鶏の声だけじゃなく、窓をノックされるようになってからは、両親に言って部屋を変えてもらいました」

隣の一家が無理心中をしたらしいという噂が流れて、間もなくのことだったそうだ。

鳴

その夜も彼は、いつもどおり仕事を終えると車を走らせ、郊外のダム湖をめざした。日課のジョギングのためである。

駐車場に車を停めて携帯電話や財布を助手席に放り、スーツからスポーツウェアーに着替える。準備運動をしてから、月の光でうっすらと明るい湖畔を駆けだした。

走りはじめてまもなく、道沿いに立つ電話ボックスへとさしかかった。

鳴っている。

緑色の電話機が受話器を跳ねあげんばかりにけたたましく鳴り響いている。不思議に思ったものの受話器を取る気にはなれず、そのまま遣り過ごした。

ところが――二キロほど走った先にある別な電話ボックスも着信音を鳴らしていた。

ぞっとして無意識に足を速め、ボックスを横切る。カーブを大きく曲がったところで、音は止んだ。あきらかに、自分が近づいたタイミングで鳴りだしたとしか思えない。

彼は困った。帰るためには来た道を戻るより手段はないからだ。湖を一周することも出来るがとんでもなく時間がかかる。現実的ではない。

覚悟を決めて引き返す――はたして、電話ボックスは二台とも再び鳴った。

彼の接近にあわせて、鳴った。
ダッシュで横を駆け抜けると荒い息のまま車へ乗りこみ、一目散にその場を離れた。
帰宅すると、母親の急な訃報が届いていた。
妻が「何度も携帯に電話したんだけど」と涙声で告げる。
着信履歴にはなにも残っていなかった。
そのときはじめて「ああ、あの電話は私宛てだったんだな」と、気がついた。

ペットボトル

Mさんがキャンプをしていたときのことである。

ペットボトルのお茶を飲み干したMさんは、あとでまとめて捨てようと、近くにあった切り株の上にいくつかのペットボトルを並べておいた。

そして早朝、仲間が起きないうちに目が覚めたMさんは、朝焼けと鳥のさえずりを聞きながら、椅子に座ってスマートフォンでメールをチェックしていた。

すると急に近くで「バリバリバリ」という音がする。

驚いて視線を上げると、切り株の上に置いたペットボトルが、いくつも同時につぶれてからいっせいに倒れるのが見えた。

キャップはしたままだったので、なぜつぶれたかは今でもわからない。

天狗《てんぐ》伝説のある山だったので、ああ、そういうものなのかと思ったという。

そうかもね

その日の夜中、U氏は二四時間営業の牛丼屋にいた。

一人もくもくと食事をしていると、ガヤガヤと騒がしい連中が店にやってきた。

テーブル席に着いた彼らは、何やら興奮した様子で話をしている。

それとなく耳を傾けていると、どうやら肝試しの帰りらしい。

――しかし、あれはなんなのだろう……

自殺だの幽霊だのと縁起でもない言葉を喚《わめ》き散らしている彼らの傍らに、誰と話すわけでもなく、ボロボロの服を着た女が一人、じっと立っている。

「気持ち悪いなと思っていたら、ちょうど俺の向かいのカウンターに座ってた男が会計に立ったんだよ、俺よりも先に店にいたんだから、奴らとは何の関係も無いと思う」

すると女は、連中のいるテーブル席を離れ、その男の背後にピタッと寄り添うようにすると、共に店を出て行ってしまった。

「何なのかわかんないけど、もしかしたら……そうなのかなと」

テーブル席の彼らも、背中にくっ付かれた男も、会計を担当した店の人間も、その異様な状況を完全にスルーし、まるで何事もないかのようだったという。

しらせ

「なあ、サリちゃん、なんで死んだん?」

テレビを見ていた八歳の娘が急に聞いてきた。

サリは娘と仲良くしてくれた高校二年生の姪《めい》で、数日前に学校内での事故により死亡し、明日が通夜だった。しかし、娘にはまだ姪が死んだことは伝えていない。

「それ、誰から聞いた?」

すると娘はテレビを指し、

「今な、やっててん」

娘が見ていたのは夕方の子供番組だ。大事故や災害でも起きないかぎり、ニュースを挟むことはない。おそらく、電話で話しているのを聞いてしまったのだ。

死んだ理由をそのまま伝えるには娘はまだ幼い。大変な病気だったと伝えたのだが、娘は釈然としない表情だった。

つい先日、そのことを思い出した。

「覚えてないよな」

高校生になった娘に尋ねると、意外にもはっきり覚えていると返ってきた。

ニュースでは姪の名前をフルネームで言い、学校で首を吊ったことを何度も繰り返し伝えていたという。だから、どうして病気なんて嘘をつくのかと父親に不信感を抱いていたらしい。

当時、そんな報道があったのかと兄弟に確認したが誰も知らなかった。

ラバスト

雫さんはつい最近まで中古ショップでアルバイトをしていた。

「その日、遅番だった私はセール品を百円均一コーナーに陳列していました」

閉店間際に先輩女性と二人で品出しをしていた彼女は、妙なラバーストラップが商品に混じっているのを見つけた。それは手のひらサイズの黒い雲形のラバストで、キャラクターやロゴが何も描かれておらず、裏面にコピーライト表記もなかったという。

「先輩、これ何でしょう？」

判断を仰ぐなり先輩が雫さんの手を打ち払い、ラバストは廃棄箱に落ちた。

「得体の知れない物は捨てる！」

先輩の怒声《どせい》に戸惑《とまど》っていると、その場で本日の業務終了が告げられた。

帰宅前に雫さんはそのラバストを廃棄箱から拾い上げ、上着のポケットに入れておいた。

「少し気になったので、後でどういう品物なのか調べようと思ったんです」

帰路、ポケットを手で探ると入れたはずのラバストがなかった。そのときは、どこかに落としたのだろうと思っていた。

翌日、彼女が通販買取で送られてきたダンボールを開封すると、黒いラバストがぽろりと出てきた。

「売り手は該当商品にネットでチェックを入れてから送ってくるので、商品一覧にないグッズが入っているのは、ちょっと変なんです」

売り手に確認しようとメールを作成中、気づけばあのラバストが置いてあった場所にない。床に落ちてもいないしパソコンデスクに紛れるところもなく、結局ラバストは見つからなかった。

雫さんがレジに立っていたある日のこと、女性客が来て買い物カゴを置いた。カゴの中には百円均一のラバストが数枚入っており、一番上にあのラバストがあった。

黒いラバストをつまみ上げた雫さんに、客が慌てた様子でこう言った。

「あれっ、私、その黒いのカゴに入れた覚えないんですけど……」

客の言葉半ばにして、彼女の指からストラップの重みが感じられなくなった。黒いラバストは手品のように手から掻き消えており、雫さんは客と顔を見合わせてしまった。

その客は残りの会計を済ませて店を出ていったが、雫さんはもうだめだった。

「私の気のせいならともかく、他人にも見えるなんて絶対ヤバイやつじゃないですか」

その後、すぐに雫さんは中古ショップを辞めた。ラバストを忌避した先輩店員は何か知っていそうだったがシフトが合わず、事情を尋ねそびれてしまったという。

売ってはいけない

自他ともに認めるオタクの陽さんは、中古アニメショップ巡りが趣味である。

その日、陽さんは中古ショップの百円均一コーナーでグッズを選んでいた。そのとき、黒いラバストが目当てのラバストにくっついてきて、一緒に買い物カゴに入ってしまった。

「何の柄もない真っ黒なラバスト。パテントがないから同人グッズなのかもしれない」

百円ならいいかと思い、陽さんは黒いラバストもついでに購入することにした。

「レジ担当の若い男の店員さんがラバスト十一点のところを十点と、一点少なくカウントしたんだよね。安くなってラッキー！　って喜んでたんだけど」

帰宅してから品物を改めると、会計の通りで十点しかない。無地の黒いラバストが入っていないのだ。店員が入れ忘れたのだろうと彼女は諦めることにした。

「別に私は損してないからいいかぁと思ったんで、店に問い合わせはしなかったな」

次の週末、陽さんは再び同じショップに足を運んだ。

百円均一の箱を掻き回していると、見覚えのある黒いラバストが出てきた。

「この前と同じ物かどうかわからなかったけど、前回買い逃したから欲しいかなって」

その黒いラバストを手に取り、陽さんはレジに向かった。

レジ台にラバストを置くなり、女性店員が顔を引き攣らせて〈お客様、こちらの商品はお売りできません〉と言う。

「どうして？　これ、そこの百均コーナーにあったんだけど？」

売り物なのに何故売らないのかと陽さんが尋ねても、店員は〈どうしても、お売りできません〉の一点張りだった。

手元に視線を落として、陽さんはぎょっとした。店員とやり取りしている間に、レジ台に置いたラバストが忽然《こつぜん》と消えている。

「私はもちろん動かしてないし、その店員さんも手を触れたりはしてなかったから……なんで台からなくなったのかわかんない」

買う物がなくなった陽さんは、仕方なく帰ることにした。

退店する際、背後のレジからひそひそと、

〈また、アレ出たの〉〈やっぱ見つけてくるのは女の客だ〉〈女にしか見えないんだよね〉

などと店員同士の囁きが断片的に聞こえてきたという。

樹海にイン

Kさんのもとに手紙が届いた。

元カレからで、内容は一行「樹海にいってくる」といったものだった。

気を引こうと奇行に走る男性だったので気にせず、すぐに手紙を破り捨てた。


数カ月後、元カレの両親がKさんの家にやってきた。

「ウチの子が行方不明なんです。なにかご存知ありませんか?」

手紙のことを話そうかと思ったが、かかわりたくないので黙っていた。

「なにかあったんじゃないかと、心配なんです」

「はあ……でも、もう別れてますし、私、わかりません」

両親は帰る寸前、こんなこともKさんにいっていた。

「あの子が森のなかで腐っていく夢ばかりみるんです。本当に知りませんか?」

逝き掛けの駄賃

ある日の深夜、Y君の自宅裏から大きな音がした。
家の外壁に何かがぶつかっているようなそれは、断続的に何度も聞こえてくる。
何事かと思い二階の自室から階下に降りると、そこには不審な顔をした両親の姿。
動物か何かだろうか？　三人で話し合い、怖々と窓から外の様子を窺う。
そうこうしているうちに、家の電話がけたたましく鳴った。
近場に住んでいる親戚の男性が亡くなったという、急死だったとのこと。
訃報のあと、裏から聞こえてくる音はピタリと止んだ。
亡くなった男性とY家の両親は、ずっと折り合いの悪い関係だったそうだ。

髪汁

太平洋に面したIという半農半漁の町があった。

ここでは十二月五日に、海と山の幸で作った七種の汁を神前に供える祭り事があった。汁は最後に親族が集まって食べきった。

ある年、祭事中に人死にがあり、以来この日に食べる汁にはよく長い黒髪が入るようになった。死んだのは若い女性で、遺棄されていた遺体は髪をズタズタに切られていたといわれ、殺された女性の恨みが汁を汚しているのだと一部の人たちは信じた。

町は四十年以上前に編入合併し、その名が消えてからは件の習俗も廃《すた》れたという。

家庭教師

何年か前のことである。浩二くんの受験を控え、西村家は家庭教師を招くことになった。

やって来た家庭教師は、一流大学の学生である。

崎田というその女性のおかげで、浩二くんの成績は着実に上がっていった。

受験日当日、崎田さんが西村家に現れた。

責任感が強い崎田さんらしく、激励に来たのだという。

それが、最後の生きている姿であった。

崎田さんは、浩二くんの合格発表を待たずして突然死したのである。

残念なことに浩二くんも受験に失敗し、浪人が決定した。

浪人生活最初の夜、浩二くんの机の横に崎田さんが立った。

何をするでもなく、ただひたすら見つめてくる。

気が散って仕方ないのだが、どのような手段を講じても崎田さんは現れる。

そのせいか、浩二くんは二度目の受験も失敗した。

進学をあきらめ、就職した今でも崎田さんは現れるという。

夜

深夜、くたくたに疲れた躯を引きずるようにして部屋までの階段を上がっていると、ふと照明が陰った。

声が降ってきた――『今晩は』

「こんばんわ」

見上げると誰もいなかった。

露天

夜、旅館の露天温泉に入る。

広々とした湯に身を浸す、照明は暗く、まばらだった。

湯気とも霧とも言えない白い霞が湯上を包んでいた。

ふと、水音がしたので見ると離れた岩場の陰に誰かいる。

入るときに無人を確認したのだが……と思った途端、湯にある親指がギュッと掴まれた。

あっ、と短い声を上げると、先ほどの人影はもういない。

宿

諸々やむを得ない事情で、まったく縁がない街の民宿へ泊まる羽目になった。

女将に促され廊下を進む。襖《ふすま》のわずかな隙間から覗いた和室に子供の玩具と仏壇が見えた。どうやら宿は自宅を改装したものと思われる。その所為《せい》か、古いばかりで趣きがない。他人の家に無断であがりこんだような息苦しさがある。散歩でもしようかと思ったが、あまり愉しくない理由でこの地を訪れているため、観光する気にもなれない。やむなく冷えた飯をぬるい酒で流しこみ、狭い風呂にざっと浸かってから早々に布団へ潜った。

電気を消しても部屋がぼんやりと明るい。色褪せた薄いカーテンから外光が透けている。それがやたらと気に障り、厭なことばかり考えてしまう。寝なければと気ばかり焦る。なのに、胸の奥でわだかまりがざらざら動き、いっかな眠くならない。階下からは宿の子らしき声が聞こえている。玩具の類か仏壇の鉦《かね》か、なにかを叩きながら笑っている。

悶々としていたおり、天井の木目に目が留まった。仰向けになった視線の先に茶色い木の節がある。まるで人の顔のように目鼻と口が揃っていた。老人のようにも細い女のようにも見える。なんとはなしに眺めていると、木目の唇が動いた――ように思えた。目が瞬いたように見えた。堪らなくなって布団を被り、いつの間にか眠ってしまった。

眩しいほどの朝日で目を覚ます。寝ぼけまなこで周囲を見まわしたが、異変はない。昨日は陰気に思えた室内の空気が澄んでいる。重苦しい塗りの座卓も安っぽいテレビも毛羽立った畳も、改めて眺めればそれなりに風合いが感じられる。すべては錯覚、気の持ちようだったのだな——自嘲して天井を見あげた。

いちめんに真っ白な壁紙が貼られている。

木目は、何処《どこ》にもなかった。

帰りがけ、宿代を清算しつつ女将に「坊ちゃんですか、嬢ちゃんですか」と尋ねた。女将は一瞬考えこんでから「うちに子供なんておりません」とすげなく答えた。では、自分が目にした玩具は。昨夜耳にした声は。訊くべきか迷っているうちに女将は奥へと引っこんでしまい、二度と姿を見せなかった。

数年後、その街を知る人と顔見知りになった。

何度目かの邂逅《かいこう》のおり、ふと思いだして宿の話をした途端、その人は「あ」と言ったきり黙ってしまい、翌日から連絡が取れなくなってしまった。

覚えている風景

忠雄さんは十歳のとき、三日間行方不明になったことがあった。

本人もどこに行っていたのか記憶がない。小学校の帰りに足取りが途絶え、三日後にそこから歩いて五分くらいの空き家の庭で泣いているのをパトロールの警察官に発見された。

空き家の中も捜索されたが誰もいなかった。一体三日間どこにいたのか、目撃者もいなかったことから、忠雄さんの記憶を頼りに聞き取りがなされたが、当時も今もその三日間の記憶はない。

ただおかしな風景だけ覚えていた。

どこかの高い木から首を吊っている男性の姿である。手足はだらしなく垂れ下がり、その身体はゆっくりと回転している。若い男性で、痩せていたという。

おかしな点はもうひとつあった。

首を吊る男性の横に、巨大な女性の顔があった。

まるで生首だけのように、ぼんやりと浮かんでいたという。その大きさは首を吊った男性の上半身ほどの大きさがあった。

警察官と親の目の前で、その絵を描いた記憶はあるが、当時の警察は信用してくれなかった。またそのような事件もなかったし、それらしい木も周辺には存在しなかった。

今でもその光景が忘れられないが、それと三日間の空白がどうしても結びつかない。

そのことについて思いを馳せるとき、ひどい頭痛が襲うので、それ以上わからないのだという。

スケキヨ

角さんがアパートの二階に引っ越して間もなく、午前一時にドアチャイムをけたたましく鳴らす者がいた。

腕に覚えのある角さんは、いたずらなら懲らしめてやろうとドアを開けた。するとそこには、ひょろりと痩せた若い男が立っており、〈僕、スケキヨです〉と名乗った。

「僕、前に此処《ここ》に住んでた女の子に酷《ひど》いことをしてしまって、謝りたくて来ました」

なんだこいつ、何を言っているんだ。

もうその女の子は引っ越して此処にはいないと伝え、角さんはスケキヨの返事を待たずに乱暴にドアを閉めた。

しかし、三和土《たたき》に上がっても、まだドアの向こうに人の気配を感じる。

奴がまだそこにいるのか？　覗き窓から外を見ると、予想に反して誰もいない。

深夜の静寂の中、ふと気づく。アパート二階への階段は金属製で、昇降するとカンカンと足音が響くのだが、スケキヨの訪問時には何の音も聞こえなかった。

スケキヨの祖母

　スケキヨの来訪から数日が経ち、そんなことがあったのも忘れかけていたころ、またも午前二時に角さん宅のチャイムが鳴らされた。

　懲りずにまたスケキヨが来たのか？　怒鳴《どな》り散らしてやろうかとドアを開けると、モンペ姿の老婆がいて、角さんに深く頭を下げた。

「わたくし、スケキヨの祖母でございます。孫がたいへんご迷惑をおかけしました」

　孫が孫なら、祖母も常識がないのか。角さんは頭が痛くなってきて、いいから帰れと手をひらひら振るジェスチャーをしてみせたところ、老女の背丈が急にぐぐっと低くなった。

　なんと、老女の足首から下がコンクリート製のアパート通路にめり込んでいる。足、腹、胸、頭とみるみる老婆はコンクリートに沈むようにして消えてしまった。

　老婆も孫も人ではなかったのかと、角さんは生まれて初めて腰を抜かしたという。

　そのアパートに角さんは更新期限が切れるまでの二年間住んでいたが、スケキヨ一族はそれきり姿を見せることはなかった。

枕の噂

知人男性が「勤務先の寝具店で起こった出来事だよ」と、こんな話をしてくれた。

ある日、彼はひとりの客に話しかけられた。客は四十代の女性で、商品のそば殻《がら》枕を抱えて「中身のそば殻は新鮮なのか」「産地はどこか」「そばの香りはするのか」など矢継ぎ早に質問を浴びせてくる。

男性は丁寧に返答し、分からない質問はメーカーに電話をかけて詳細を尋ねた。その対応に満足したのか、客は「じゃあ、これください」と、そば殻枕を彼に手渡した。

自身の接客が身を結んだ事に喜びながらレジを打っていると、女性客が「ダメだった時は返品できるのかしら」と念を押してきた。

「ダメだったと言うのは、不良品だった場合ですか。保証期間内でしたら」

男性の言葉に、客が「違う違う」と笑う。

「介護してる義母がそばアレルギーなの。前に買ったやつは全然効かなかったのよね」

彼が驚いていている間に客は会計を済ませ、去っていった。

以降、二度と来ていない。

枕にちなむ噂や言い伝えは数多く存在するが、これは日本だけに限らないようだ。

アメリカのアパラチア地方では「家族の誰かが病気になった時は、その人物が使っている枕を引き裂いて中身を調べろ」という言い伝えがある。羽毛がダマになり、羽根で作った王冠のような形状になっていた場合、それは死の予兆「デスクラウン」なのだという。病人は「デスクラウン」を発見してから三日後に死ぬとされており、止めるには王冠状になった羽毛をバラバラにしなければならないそうだ。

これは単なる噂ではなく実物も残っている。アパラチア周辺には「デスクラウン」を展示している美術館が数多く存在し、なかでもテネシー州の博物館には、これまで発見されたもので最も大きな「デスクラウン」が飾られているという。

算盤

昭和の話である。

病死した先妻に代わり、若い後妻がやってきた。

亭主の経営する商店の経理を任された彼女は慣れぬ手つきで毎日、必死に算盤《そろばん》を弾いた。

あるとき、〈ぎゃあ〉と常ならぬ絶叫が響いた。

何事かと勤め人が駆けつけると帳場の後妻が両の手を真っ赤に染め、後ろ手に腰を抜かしていた。左右十指の爪が全て破裂したように剥けていた。

後日、亭主は先妻の使っていたその算盤を棄て、新たな物を買い与えた。

以来、変事はない。

不吉箸

父方の祖母は厳しい人で、秀俊さんは叱られた思い出しかない。

もっとも強く叱られたのは、茶碗のご飯に箸《はし》を突き立てた時だった。

それは仏様に供えるご飯と同じだぞと、頬をぎゅっとつねられた。

ものすごく痛いので二度としないと誓うのだが、しばらくするとまたご飯に箸を立ててしまい、激しく叱られて頬をつねられる、そんなことを何度も繰り返していた。


小学六年の頃、祖母が急死した。

その前夜、秀俊さんは祖母の部屋に見知らぬ五人が集まっているのを見た。

病状が重くて動けないはずの祖母が、布団から起きあがって五人と楽しげに談笑している。卓袱台には飯を盛った茶碗が六つ置かれ、いずれの飯にも箸が突き立っていた。

自分にはあんなに怒ったくせに。

後で文句の一つでも言ってやろうと思ったが、その夜遅くに祖母は逝ってしまった。

五人の訪問者のことは秀俊さん以外、誰も記憶していないそうだ。

スナカケババ

今は取り壊されてしまったが、二十年以上前まで地元ではなかなか知名度の高いラブホテルの廃墟があった。もちろん心霊スポットとしての知名度である。

葛城さんは十代の頃、当時交際していた彼女と、彼女の専門学校の友人との三人でその廃墟に行ったことがあった。

自称、霊感がある彼女は頻《しき》りに「なにか寒気がする」「頭が痛い」と強張《こわば》った表情で訴えていたが、よくやるなぁと聞き流していた。一方、友人のほうは、この手のものは平気なようでズカズカと先頭を切って歩いていく。

三十分ほど巡っていると、ずいぶんと先を歩いていた友人の悲鳴が聞こえた。怪我でもしたのかと走って追いつくと、エレベーターの前で両目を押さえてうずくまっている。その背後には襤褸切れをまとった小柄な婆さんが立ち、葛城さんたちのことを睨んでいた。あたりには駄菓子の袋や汚物を拭いたような汚いタオルが散乱している。

彼女が叫ぶと、婆さんは足元から何かを掴んで葛城さんたちに投げてきた。

その瞬間、目の前が真っ暗になった。

三人で手を取り合い、闇の中を手探りしながら廃墟ホテルから何とか逃げ出した。

まだ目を押さえている友人は婆さんに砂をかけられたというが、葛城さんは違うと感じた。婆さんが何かを投げる素振りを見せた瞬間に視界が暗くなり、目を開いているのに何も見えなくなったのだ。

この体験から、二度と心霊スポットには行くまいと自身に誓ったそうだ。

牛丼屋にて

横尾さんの仕事は出張が多い。知らない街に行くことも多々ある。意外に困るのが食事である。無駄遣いは避けたい。美味いに越したことはないが、グルメガイドで調べるほど食に熱心でもない。

結局、牛丼屋で済ませることが多い。大抵の都市には必ずある。味も当たり外れがない。その日は関西のとある街だった。大学が近くにあるせいか、学生がやたら多い。殆ど満席である。空いている席はレジ近くにひとつと、左奥にひとつ。

店員はレジ近くの席を勧めてきたのだが、横尾さんは無視して左奥に進んだ。腰を下ろそうとして指定席と書いた札に気づいた。

一瞬遅れ、店員も声をかけてきた。

「すいません。その席は指定席でして」

横尾さんはレジ近くの空席に座った。注文を終え、顔を上げると先程の指定席にいつの間にか男が座っていた。

目が合った瞬間、横尾さんを唐突な寒気が襲った。手が震え、歯の根が合わない。

これは食事どころではない。

横尾さんは店員を呼び寄せ、注文をキャンセルした。

店員はあっさりと承諾し、軽く頭を下げた。

店を出てから振り向くと、指定席の男は有り得ない方向に頭を捻《ね》じり、横尾さんを見つめていた。

モノクロのおんな

「ゆうれいって色がありませんよね。薄くぼんやりした白黒、モノクロなんです。だから明るい時間は目で確認できない。暗い時間になって初めてみることができるんです」

そんな自論をもつ女性がいた。彼女は夜、外を歩くときはできるだけ明るい道を選んで通り、寝るときも決して電気を消さない。暗闇が怖かったのだろう。

ある日の午後七時ごろ、彼女は錯乱した。半裸で絶叫をして大暴れしていた。駆けつけた近所の者たちが救急車を呼び、搬送されていくなか、

「モノクロのおんなたちがいる！　モノクロのおんなたちがいる！」

半笑いの表情で叫び続けていたという。

その日のその時間は雷が鳴り響き、その一帯が停電になっていた。近所の者たちは精神的な疾患かと思ったが、わからないこともあった。

搬送される彼女の躰《からだ》には、無数の手形がついていた。

その女性が病院からもどってくることはなかったそうだ。

トミヒロさんの店

京都市内のバーで飲んでいたとき裕二さんの携帯に知らない番号から着信があった。

普通なら無視するのだが酔っていたので出たところ「そこはトミヒロさんの店ですよね?」といきなり女の声がした。思わず裕二さんが店の人に「ここのマスターってトミヒロさんっていう人?」と訊ねると「そうですよ、よくご存じですね」という答え。

そのときにはもう電話は切れていたが、履歴を確かめるとさっきはたしかに知らない番号だったはずなのに、なぜか千葉在住の姉の携帯からの着歴に変わっていたという。

混乱しつつ今あったことを説明すると店員に変な目で見られたので、裕二さんは早々に店を出た。

姉と連絡が取れたのは翌日だったが、電話はしていないという話だし、裕二さんが夕べ聞いたのもたしかに姉の声ではなかった。まるでアナウンサーのようにきれいな発音の声だったそうだ。

観

えっ、お兄さんて怖い話を集めてるの。へえ、そういう仕事があるんだ。面白いね、世のなかって。たまたま居酒屋で隣に座った人が、そんな変わった職業なんだもの。面白いよ。いやいや、俺はそんな話ないって。幽霊もＵＦＯも信じない派の人だもの。だからそういう変な体験とか――いや、あるわ。あったわ。思いだしたわ。

あまりお喋りは上手じゃないんだけど、それでも良いかい。

あのね、俺が小学校のときにさ、一家そろって毎晩テレビを観る習慣があったのよ。茶の間でちゃぶ台を囲んで、テレビ観るの。昔の、ぶ厚いブラウン管のテレビ。それをオヤジとオフクロ、俺と妹の四人で観るんだよね。だいたい一時間半か二時間くらい。

オヤジなんていつも仏頂面なのに、テレビ観るときだけは笑っててさ。まあ声は出さないんだけどね。薄ら笑いっていうのかな、冷ややかな笑顔でじっと画面を観てるの。オフクロは泣いてたっけな。いや、泣き声をあげたりはしないのよ。無表情でテレビを観ながら、涙をぼたぼた垂らしてた。

妹は……どうだったかなあ。あんまり記憶にないけども、俺の背中に半分隠れながら画面を覗いてたのはぼんやり憶えてるよ。で、肝心の俺はべつだん疑問を抱かないまま観てたな。「なんでこんなことするのかなあ」とは思っていたけど、他所《よそ》の家でそんな真似しないとは、まさか知らないからさあ。

結局妹が亡くなるまでは続いたはずだよ。そう、死んだの。神社の境内にある公園で遊んでたら傷口からバイ菌が入ったとかで、二日苦しんで死んじゃった。俺は死に際を見てないんだけどね。うん、両親が見せてくれなかった。で、それが原因ってわけでもないんだろうけど、まもなく離婚してね。その後があんまり大変だったから、テレビのことなんて最近はすっかり忘れてたよ。

え、「何処《どこ》が変な体験なんですか」ってお兄さんどういうこと。だって変でしょう。そんなこと無いのかい。普通の家でも普通にしてるってのかい。あ、そう。いや大人になって知りあいに話したら「そんな気味の悪いこと、誰もしたことないよ」って全員が驚くもんだから「我が家は変だったのか」とばかり思っていたんだけど。じゃあ——

真夜中に、なにも映ってない砂嵐の画面を延々と観てる家族、ほかにもいるんだ。

古井戸

仲間さんの家には、古い井戸があった。石積みの古い沖縄式の井戸で、なぜか厳重にフタがされていたが、横にずらすと中を覗くことができた。

ある日、家のグッピーが三匹同時に死んでしまった。まだ十歳にも満たなかった仲間さんは、死んだグッピーを井戸の中に捨てた。本人は埋葬したつもりだったのである。

次の日、井戸を覗くと、その中で同じ色のグッピーが元気良く泳ぎまわっていた。


仲間さんは驚いて、それを当時の同級生に話した。

しばらくしてその友達が、ぼろきれに包まれた猫の死骸を持ってやってきた。

「これ、道端で車に轢かれていたんだけど、生き返らせようぜ」

二人して、猫の死骸を井戸に投げ込んだ。

その日の夜のことである。仲間さんの母親がいきなり叫びだした。そして半狂乱になりながら父親の首を締めだした。なんとかその場はおさえたものの、朝になって母親は病院に担ぎ込まれた。

井戸はと見ると、猫の叫び声がする。

蓋をずらすと、死んだ猫が井戸の上に浮かんでいた。だが蓋をすると、甲高《かんだか》い猫の声が井戸から響き渡った。

しばらくすると泣き声に気づいた父親がやってきて、井戸から猫の死骸を取り出して、庭に埋めた。猫の死骸を庭に埋めたと同時に母親の容態もよくなり、病院から戻ってきたという。

その後井戸は濁ってしまい、埋められてしまった。

はしゃぎ声

釣り好きのWさんがよく渡してもらう無人島では、子供たちがはしゃぐ声がする。
端から端が見渡せる小さな島、もちろん子供などいない。

申請

田中のところには亡くなった人からの〈友達申請〉が来る。
今までに五度きている。

めざまし

筧君は高校生になるまで自宅以外で夜を明かしたことがなかった。

宿泊を要する学校行事は、なぜか親が許してくれず参加させてもらえなかったが、高校の修学旅行はどうしても行きたくて、反対を押し切り自分の貯金を崩して参加したという。

念願の修学旅行だったが、二十二時に消灯、就寝後に事件は起きた。

「寝つきはすごくいい方なんで、消灯してすぐ寝たんだけど、肩をグラグラ揺すられて起きちゃって……」

時刻は零時を少し過ぎたところだった。隣で雑魚寝《ざこね》している級友に起こされたと思った筧君は、当然怒った。

〈ふざけんな寝たふりしやがって〉と級友を揺り起こすと、彼はキョトンとしている。

起こした、起こしていないで言い合いになったが、どちらも引かずに埒があかない。

くたびれて再び就寝すると、筧君は肩を誰かに揺さぶられた。今度は午前二時だった。

咄嗟に上半身を起こして辺りを見渡したが、周囲はみな寝静まっている。

変な夢でも見たのかと思い、もう一度眠りについた筧君は、午前四時に起こされた。

引き続き六時にも起こされたとき、もう朝だから良いだろうと特に仲の良かった級友にわけを話し、自分を起こす者が誰なのか、寝たふりをしつつ見張ってもらうことにした。

午前八時、修学旅行のしおりによれば起床時刻。筧君は肩をつかまれて目覚めると同時に、友人の悲鳴を聞いた。

「お前の肩を、肘から先しかない白い手がつかんでいた」

級友が酷く怯えるので、翌日からは一人だけ皆と布団を離して壁際に寝てみたが、起こされる頻度は二時間ごとで変わらなかった。

さんざんな修学旅行から帰宅し、親にこの現象を話すと、〈シッ、それは話題にしたらいけない〉と言われるのみで、因縁は不明なままであるという。

「悪霊は黒いというし、白いのなら良い霊だろうから大丈夫かなと思ってる」

楽天的な筧君だが、人を睡眠不足にさせる存在が果たして良い霊と言えるだろうか。

また、手や足、頭など体の一部だけ現れる霊は人に害をもたらすという説もあるのだが、無駄に不安を煽ってもいけないので筧君に異論は伝えずにおくことにした。

自宅では熟睡できているというし、それ以来外泊もしていないそうなので大丈夫だろう
……たぶん。

あるパイロットの失踪

これはつい最近、二〇一七年の出来事だ。

まだ雪残る三月、カナダはオンタリオ州北部の森に一機の小型セスナが墜落した。機体はレンタル用のもので、操縦していたのはミシガン州に住むロンという大学生。成績優秀で頭脳明晰、飛行士の資格を取得しており操縦経験も豊富だった。そのような人物が事故で墜落した事実も驚きだったが、地元警察が驚愕したのは別な点にあった。ロンが消えてしまったのである。

警察が調べた時、機内に彼の姿はなかった。ところがセスナの墜ちた現場は深い雪に覆われており、足跡はもちろん機外に出た痕跡すら確認されなかったのだ。おまけに、出入りできる箇所はドアのみ。つまりパラシュートで脱出するのは不可能なのである。

結局、彼は現在に至るまで行方が分かっていない。

ちなみにオンタリオ州では、たびたび未確認飛行物体が目撃されている。二〇〇七年には空母のように巨大な飛行物体を複数の住民が目にしており、二〇一六年には飛行機がドーナツ状をした謎の物体とニアミスしている。そして、セスナ墜落事故が起こった二〇一七年には六、七、八月と続けて正体不明の飛行物体が確認されているのだ。

セスナ事故と無理やり結びつけるつもりはないが、オンタリオ州で奇妙な飛行物体が目撃されている事も、そこで失踪した操縦士がいまだに見つからないのも事実なのだ。

あるミュージシャンの失踪

前述したカナダの事例をはじめ、未解決の行方不明事件には奇妙な噂がつきまとう。だが、次に紹介する事件ほど奇妙なものは滅多にない。なにせ、失踪者が自身の消失を予言していたのだから。

一九六九年、アメリカのミュージシャン、ジム・サリバンは処女作となるレコードを発表した。「UFO」と名付けられたこのレコードには、タイトルどおりUFOに関した内容、それも「家族と引き離され、異星人に誘拐される」といった妙な歌詞が数多く使われていた。自主制作に近い形で発表されたこのレコードは、残念ながら全く注目を集めなかった。その時は誰も、数年後に思いもよらぬ形で知られるとは思わず……。

一九七五年、サリバンは愛車のフォルクスワーゲンに乗ってニューメキシコ州の街へ向かった。ところがモーテルにチェックインした彼は、部屋の中にルームキーを置いたまま車でどこかへ向かい、二度と戻る事はなかった。翌日、四十キロ以上離れた牧場に放置されたサリバンの愛車が発見される。車に残されていたのは、商売道具のギターと小銭、そして自分のレコードだけだった。サリバンは、まるで自分が作った歌詞をなぞるかのように忽然と消えてしまったのだ。

この奇妙な失踪劇が評判となり「UFO」は一部のマニアに注目される事となった。「彼は異星人にさらわれた」「自分の人生を予言していた」そのような主張をする者は多い。根拠としてあげられるのが、行方不明となったニューメキシコ州という場所だ。ここでは過去にも、有名なロズウェル事件やアズテック事件などUFOとの遭遇事例が数多く報告されているからだ。しかし、異星人に誘拐されたのだとしてもなぜサリバンはその事を事前に予知していたのか。それに答えられる人間はいない。

ちなみに行方不明から数ヶ月後、彼の車が発見された牧場から十数キロ離れた場所で身元不明の男性の死体が発見されている。死体は、推定年齢も身長も体重も、口ひげや腕の入れ墨もサリバンの特徴とほぼ一致したが、なぜか地元警察署は「違う人物だ」とすぐに発表し、その後は捜査をおこなっていないのである。

現在「UFO」は再販され、高い人気を誇っている。だが、そのカバージャケットはオリジナルではない。最初に発売された際は、砂漠のはるか先へ歩いていくサリバンの写真が使用されていたのだ。彼はどのような意図でこの写真を選んだのか。なぜ再販された音源のジャケットは差し替えられてしまったのか。いずれも理由は不明のままだ。

あるミュージシャンの死

一九五〇年代に活躍したミュージシャン、バディ・ホリーにも奇妙な噂がある。

一九五八年、ホリーの知人であるイギリスの音楽プロデューサー、ジョー・ミークはタロット占いの会に出席した際、気まぐれに知人であるホリーの事を占ってもらった。すると、出てきたメッセージは予想していたより、はるかに不吉なものだった。

「バディ・ホリーは二月三日に死ぬ」

この結果に驚いたジョーは、すぐイギリスツアー中のホリーへ連絡し、身のまわりに気をつけるよう警告する。しかしホリーは笑ってこう答えた。

「おいジョー、今日が何日か知ってるか？　二月の中旬だよ、予言の二月三日はとうに過ぎてるじゃないか」

それから一年後、ホリーは飛行機事故で命を落とす。

二月三日の出来事だった。

新心霊スポット

「新しい心霊スポットをつくるんだ」と、男性は山にむかった。

方法は登山コースからすこし離れた崖で深夜ひとり、コックリさんを行うこと。「それを何度も繰りかえせば、いずれ呼ばれた霊がその場所に定着するはず」というのが彼の考えだったが、初日に行方不明になった。

発見された彼の遺体の横には紙と十円玉が置かれ、コックリさんをした形跡があったという。

自殺のすすめ

その日、蔵本さんは朝からずっと自殺の方法ばかりを考えていた。

切っ掛けは分からない。気が付けば死ぬことで頭が一杯であった。

電車に飛び込むのは他人や家族に迷惑がかかる。飛び降りは失敗すると悲惨だ。

睡眠薬は入手が難しいだろう。とにかく今すぐ死にたくてたまらない。

やはり首吊りが手軽で確実か。

よし、決めた。早速、丈夫な縄を買ってこよう。

コートを着て出かけようとした蔵本さんの前に、祖母が立ち塞がった。

祖母は、物も言わずにコートを奪い取り、内ポケットを探り始めた。

「あった。あんた、こんなもの何で持ってるの」

差し出した手に、枯れた菊の花がある。

昼寝をしていた祖母の夢枕に御先祖様が現れたという。孫が危ない、ポケットに入っているる菊を処分しろと教えてくれたらしい。

祖母は菊の花を裏庭に持っていき、お経をあげながら燃やした。

菊の花が燃え尽きた途端、蔵本さんから自殺願望が消え失せた。

いつ、どうやってポケットに入ったか、まるで分からない。
せっかく処分したのだが、今でも時折、菊の花は現れる。
いつの間にかポケットや鞄の中に入っている。今までに見つかった数は七つ。
毎回、祖母に言われて分かる。
自分でも気をつけているのだが、どうしても見つけられない。
祖母はいつの日か亡くなるだろう。それから先はどうすればいいか。
誰が菊の花を見つけてくれるのか。
今のところ、祖母が夢枕に立ってくれるのを願うしかないという。

四と五

由香さんの「四」と「五」のイントネーションは少しおかしい。

理由がある。

子供の頃に親の仕事の都合で、よく叔母の家に預けられた。この叔母、なにかと「自分ルール」を押し付ける人で、そのうえ迷信深いというかなり面倒な性格だった。

とくに「四」の数字には異常な反応を示し、口うるさく使用を禁じてくる。昔からいわれる「死を連想させる」という理由からである。

「どうしても使わないといけない時は、聞こえないくらい早口で言いなさい」

そうすることにした。

しかし、数を数えるたびに「四」を早口で言おうとすると「五」にも変な力が入る。だから、「四」と「五」のイントネーションがおかしくなる。

しばらくは叔母の言いつけを守ってこの数え方を他でも続けていたが、小学校高学年くらいから恥ずかしくなって学校ではやらなくなり、気がつけば叔母の前でもやらなくなっていた。

それから何年かして叔母は体調を崩して寝たきりになった。

入院している施設へ見舞いに行くと、「由香ちゃんが言うことを守ってくれないから叔母さんこうなっちゃった」と優しい口調で恨み事を吐かれ、それからすぐに叔母は死んだ。

今年の初め、由香さんは一子を授かった。

それから街中で叔母にそっくりな人をよく見かけるようになった。

たまに夢でも見た。

つい数日前にはとうとう自宅の中でも見てしまったので、悪いことが起きる兆《きざ》しかもしれないと今さらのように叔母のルールを守っているのだという。

黄色い髑髏

健雄さんのお祖母さんは油絵が趣味で亡くなるまでに五十枚余りの絵を残したが、ほとんどの絵の画面のどこかに、よく見ると黄色い髑髏《どくろ》が描かれている。

ごく平凡な静物画や風景画だし怪奇趣味的なものとも無縁な人だったそうだが、なぜそんなものを描き込むのか生前語ったことはなかった。それどころかお祖母さんの絵の髑髏の存在に気づいていた人は、本人が生きているあいだ誰もいなかったらしい。

一周忌の法要の日に墓石に髑髏のような形が白く浮き出ていることに健雄さんの弟が気づいた。まるでそれをきっかけにしたように、お祖母さんの絵の中の髑髏も次々と発見されていったのである。

棲

深夜、独り暮らしの暇をもてあましたあげく、有名な地図検索サイトへ自宅の住所を打ちこんでみた。俯瞰図《ふかんず》の傍らに路上から撮影した写真が載っていたので、興味本位でクリックする。

二階の窓が開いており、そこから知らない女が顔を覗かせ笑っていた。

いま自分がいるこの部屋だと気づいた直後、玄関で「ただいま」と声がする。

渡嘉敷島のUFO

新垣さんは若い頃、沖縄県の渡嘉敷島の海岸でキャンプをした。

一人で海岸に座り、夕日が沈むのを見ていると、空に何かの発光体らしきものが見えた。

飛行機にしては点滅していないし、ヘリコプターのような音も聞こえない。と、見ているとその光はまっすぐに新垣さんに向かってくるではないか。

光は楕円形でオレンジ色に発光しており、よく見ると大きさが一メートルぐらいある。

それは音もなく海の上を進むと、そのまま新垣さんにぶつかってきた。

うわっ!

声を上げたが、新垣さんはそれに吹っ飛ばされてしまった。

気がつくとすでに夜だった。テントに吊り下げた懐中電灯だけが光っていた。体中砂だらけであった。

「いや、実はそれだけの話なんですよ。別に死にもしなかったし光も二度と見ていません」

そう新垣さんは語る。

「でも怖かったことが一つだけあって、偶然でしょうけど、帰りのフェリーで見知らぬ男性に聞かれたんです。『渡嘉敷島で変な発光体を見たって話を知っているか』相手はそう聞きました。知らないと答えると、なぜかしつこくわたしの名前と住所を聞いてくるので、最後は無視して逃げて、ひたすらトイレに篭っていました。あれは一体何だったんでしょうね」

回っていた女

「まだそんなに夜中ってわけじゃなかった、二十二時ぐらい」

S氏が車で夜道を走っていると、突然、前方に人影が現れた。

「たぶん、中年の女だった。こうやって手を広げて、くるくるって踊るみたいに回ってて、驚いたよ。真っ暗な道でいきなりだもん」

回り続ける女を避け、その横をすり抜けるように車を走らせた。

「動きがなんだかぎこちなくて、酔っぱらいの類だと思っても妙に怖かった」

それからしばらくして、例の道に女の幽霊が出ると噂が立った。

「うちの娘がどっかからそんな話を拾って来たんだ、間違って轢いてしまって慌てて外に出ても誰もいないとかなんとか」

まさかなと思い、確認してみると——

「その女は手を広げて回っているらしく……」

事故があったわけでもなく、一体どういう由来のある噂なのか見当もつかないそうだ。

「そうと知らなくてもビビったのに、そうと知ったらもう通れないでしょ」

数年経った今でも、夜間にその道を走ることは無いという。

知らない人

雑踏でスマホを掲げた女性がツカツカと歩調も荒く近づいてきて、あわや正面衝突という間合いまで踏み込んできて歩を止めた。

まなじりを決した女性が〈これ、あなたですよね！〉とスマホを目の前にかざしてくる。

スマホの画面には顔をほころばせたこの女性と、彼女にオーバーラップして、ぼんやりした肌色の靄《もや》のような物が写っていた。

目を凝らすと、突きつけられた画像の靄の中に目、鼻、口のように見える配置で暗い穴が空いている。

あっ、これは自分の顔だ。

スクロールしていく画面に、最初の写真と同様、自分の顔にそっくりな靄に覆われた彼女の画像が何枚も出てくる。

「本当に止めて下さい、次はもう赦《ゆる》しませんから！」

そう言い捨てて、彼女はきびきびとした足取りで去っていく。

しかし、知らない人の写真に自分が出ると言われても、どうしたら良いかわからない。

おねいちゃん

三田さんが学生の頃に暮らした部屋のドアは古い。

時折、軋《きし》んだ音が〈……おねいちゃん〉と聴こえることがある。

すると大抵、知り合いが死ぬ。

影

ベランダで煙草をやっていると建物の隙間から大通りの銀行の壁が見える。
とうに夜半を過ぎているのでひと気はない。
と、その壁に影が浮かんだ――幼児のものである。
小さい子供がひとりで？　と思った瞬間、影が歩くようにスーッと移動した。
影はそのまま、するーっと交差する横断歩道を渡った。
影だと思ったのは薄い薄い人型のなにかだった。
先月にその場所で事故があった。
犠牲になったのが母と連れ立っていた幼稚園児だったことを思い出した。

車の幽霊

車の前に出現する、あるいは車に乗り込んでくる幽霊は国を問わず数多く報告されている。だが、次に紹介するのは、それらと少しばかり毛色が違う奇妙な話だ。

二〇〇二年十二月、イングランドの国道を走っていた二人の運転手から、ほぼ同時に警察へ電話が入った。一台の車が壊れたヘッドライトから火を噴きながら車線を大きく外れ、道路下の堤防に落ちていったというのである。

すぐにパトカーが出動して周辺を捜索したものの、炎をあげている車も、残骸さえも見つからなかった。目撃者が一人であれば見間違いという事も考えられるが、複数名が目撃していているとあっては「目の錯覚だ」と片付けるわけにもいかない。その後、数日にわたって警察はその一帯をくまなく探す羽目になった。

成果が得られたのは数日後。堤防下にしげる藪の中で、一台の車が見つかったのだ。だが、車体を見るなり警察官たちは首をひねった。フロントガラスには蜘蛛の巣が厚く張られており、おまけにあたりの草にも踏み倒された形跡がない。明らかにここ数日の間に事故を起こした車ではなかった。

さらに捜索すると、堤防の近くで運転手らしき青年の死体が見つかった。青年の名はクリストファー・チャンドラー。五ヶ月前から捜索願が出されていた人物で、車も彼のものだった。調査の結果、車が事故を起こしたのは、チャンドラーが行方不明になった直後、つまり五ヶ月前と判明した。どうやら重傷を負って何とか車外へ這い出たものの救助を呼びに行く途中で息絶えたらしいと分かった。

では、数日前に二人の運転手が遭遇した車は、いったい何処に行ってしまったのか。念のために確認すると、目撃者の二人はいずれもチャンドラーの車の写真を見るなり、「事故を起こしたのは確かにこの車です」と答えた。

彼らは、事故車の幽霊を目にしてしまったのだろうか。それとも、時空を超えてチャンドラーが事故を起こす瞬間を目撃してしまったのだろうか。

家の幽霊

車が幽霊になるのだから、家が幽霊になってもおかしくはない。

アメリカ、魔女伝説で有名なセイラム近郊にガードナー湖という湖が広がっている。かつての大地主であるガードナー家にちなんで命名されたこの湖には、何と家が一軒、まるごと沈んでいるのだ。

当然ながら湖の上に建っていたわけではない。十九世紀はじめのある冬、トーマス・ルカントという男が湖の対岸へ自宅をそのまま移動させようとしたところ、氷が割れてそのまま湖底深く沈んでしまったのである。その後、哀れな住宅は漁礁と化したため、地元の漁師や釣り人が湖底の家周辺に網をかけたり糸を垂らすようになった。そして、そんな人々の中には「奇妙な音を聞いた」と証言する者があとを絶たない。

静かな夜、家が沈んだあたりへ船を出すと、ピアノの鍵盤を叩くようなメロディーが湖底から聞こえてくるというのだ。事実、家が湖に飲まれそうになった際、ルカントは重い家具を全て諦めており、放置した品の中にはアップライトピアノも含まれていた。

つまり主人に捨てられたピアノ、もしくは家そのものが嘆きの調べを響かせている……

付近の住民は、百年が過ぎた今もそう信じているそうだ。

住宅は二〇〇五年にほぼ崩壊しているのが確認された。しかし現在でも、湖面に響くピアノの音が聞こえるという。もしあなたが縁あってこの湖を訪ねる事があれば、是非静かな夜にそっと耳をすませ、奇妙な噂を検証してみてほしい。

橋の上から

ランドセルを背負った男の子たちが橋の上から川を見下ろしている。

子供たちの視線の先には、たくさんの魚が死んで浮かんでいる。

「人の名前みたいですなあ」と子供の一人がいう。

数百の死骸の白い腹が連なって、その形が四文字の平仮名に読める。

それを言っているのだ。

「ほんとだ、百パーセント、人の名前ですなあ」

「それにしても臭いですなあ」

「腐っているんでしょうなあ」

変な喋り方だな——クスリとしながら聞いていると、魚の文字はゆっくりと崩れていき、やがて文字の形を成さなくなる。すると興味を失ったのか、子供たちは何も言わずに去っていった。

数日後、伯父が自宅で亡くなっているのを近くに住む親戚が発見した。病死であった。発見時で死後一週間以上が経過しており、近所では腐臭がすると騒がれていた。

橋の上から見た四文字が、伯父の下の名前と同じであったのは偶然だろうか。

近影

都内の某スクランブル交差点で景子さんが信号待ちしていたら、道のむこうに元彼にそっくりな男が立っていた。

だが彼は今ドイツに住んでいるはずなので人違いだと思い、それにしてもよく似てるなと眺めていたら信号が変わって人波がうごき出した。元彼そっくりな男の姿は人に紛れて見失ってしまった。

気になって景子さんがひさしぶりにその元彼にメールしてみたところ、彼のほうもドイツの街なかで景子さんとそっくりの女性を見たというので、二人で驚いてしまったという。

しかも時差を計算してみると、どうやら相手の姿を見たのは二人ともほぼ同じ時刻のようだった。

そこで最近のお互いの写真を交換してみたところ、今度は別の意味で驚くことになった。

元彼はすっかり薄くなった頭とのばした髭《ひげ》のせいでまるで別人の容姿になっていた。景子さんも彼が知っている当時と比べると、体重が二十キロ以上増えている。

お互い雑踏の中で見かけたのは、つきあっていた十年前の相手の姿だったのだ。

溢れ髪

その日、浦谷さんは祖父の家を訪ねていた。

何年も使っていない物置の整理を手伝って欲しいと頼まれたのだ。

ガラクタを外に運び出していき、最後に古びた箪笥《たんす》だけが残った。

見覚えが無いと首を捻《ひね》っていた祖父は、とりあえず引き出しを抜くことにした。

全部で五つ、まずは一番上を開ける。

その途端、微かに異臭が漂った。ハッキリとはしないが卵が腐ったような臭いである。

引き出しの中は空だ。臭いの元になりそうな物は見当たらない。

二段目の中も見えたが、やはり何も入っていない。

次々に抜いていく。いずれも中身は無い。にもかかわらず、臭いが更に強くなっていく。

四段目を抜いた途端、五段目の内部が見えた。

浦谷さんは我が目を疑った。引き出しの中には、大量の髪の毛が詰まっていた。

それがまるで、波打つように蠢《うごめ》いている。

浦谷さんが覚えているのはそこまでである。気がつくと、浦谷さんは電車に乗っていた。

その日を境に、祖父は性格が変わってしまい、親族との縁を切ってしまった。
心配になった浦谷さんはしばらく経った頃、様子を見に行った。
祖父は、丼一杯に盛った髪の毛を食べていた。
幾らでもあるから、お前も食えと勧められたそうだ。

墓

Hさんは昨夏、四半世紀ぶりに山あいの生家を訪ねた。知人から「民泊に利用できないか」と打診され、現状を確認するつもりだった。

祖父母の急逝に伴い両親と転居し、およそ二十年。家は経た年月ぶんだけ、きちんと朽ちていた。屋根はトタンが剥がれ、雨戸に至っては痕跡すらない。室内へ踏み入ると腐った畳の上には砕けたガラスに混じり、雑誌や空き缶が転がっている。きもだめしの若者か、または住所不定の人間か。いずれにせよ不心得な輩《やから》が荒らしていったらしい。リフォームどころか改築が必要だな――うんざりしながら台所を抜け裏庭へ向かう。

草だらけの庭を眺めているうち、露出した黒土のまんなかに刺さっている細い木片が目に留まった。藪《やぶ》を漕ぎつつ近づいてみれば、それはアイスキャンディーの棒だった。そういえば、ここに死んだペットを埋めたっけ。このアイスの棒は墓標の代わりに立てたのだ。懐かしさに目を細めていた最中、ふと胸のうちに疑問が浮かんだ。

綺麗すぎる。

屋根が落ち、窓が割れ、畳には穴が空いているのに、この棒は白木同然に艶々《つやつや》としている。おまけにこの場所だけ草が一本も生えていない。そもそも、埋めた動物がなにか思いだせない。犬か猫か鳥か金魚か、まったく解らない。

解らないというならば、祖父母が急逝した理由もそうだ。両親が逃げるように生家を去った理由も、四半世紀のあいだ戻ろうとしなかった理由も、親戚づきあいも墓参りも拒み続ける理由も、すべてが解らない。

答えよりも、ここから逃げたい欲求が勝った。

彼は早足で車まで戻ると、すぐにその場を離れた。


くだんの知人には、その後も「売るか貸すかしてくれないか」としつこく迫られた。先日、Hさんはとうとう根負けして首を縦に振ったという。

「だからそのうち、なにも知らない人があそこに泊まるんです」

真夏だというのに身体をちいさく震わせて、彼は話を終えた。

シージャ

赤嶺さんは若い頃、友人数人と肝試しをすることになった。

場所は南部にある沖縄戦当時の壕であった。そこは病院壕として知られ、多くのものが戦争末期に置き去りにされ、血みどろの凄惨な話がいくつも残っている場所である。

いきなり先輩がそこにしようと言ったのである。

「いや、戦跡はちょっと……。亡くなった方にも悪いし」

そう赤嶺さんは言いたかったのだが、沖縄ではシージャ（先輩）の言うことは絶対である。軽自動車に定員オーバーの五人で乗り込み、夜の南部へと走り出した。

だが走り出してすぐに、おかしなことが起こり始めた。

つけていたAMラジオから、いつのまにかDJの喋り声ではなくて、人の悲鳴のようなものが流れ出したのである。あからさまに「助けて……」とかいう声も聞こえてきた。

「これって本当にラジオか？」

シージャがそう言ったときのことだった。後ろからパトカーのサイレンが鳴り出し、軽自動車は強制的に停止させられた。

赤嶺さんは、てっきり定員オーバーで停められたと思った。

だが現れた警官は、血相を変えた声でこう言ったのである。

「あれ、屋根に人が乗っていた風に見えたけど、おかしいなあ。あれ、どういうことだ……」

結局、その夜は壕へは行けなかった。

許可は得ている

　N君は幼い頃、霊能者だった祖母から「お前は三十歳までは死にやすいから、丁寧に丁寧に生きていかなければならないよ、三十歳を超えれば長生きできるんだから」と何度も言い含められていたという。

「まぁ、霊能者と言っても田舎の婆さんの小遣い稼ぎみたいなモンだったですし、信憑性なんてないっすよ。まぁ、これで本当に俺が三十までに死んだら怪談ってことになるんですかね？　あはは、だったら俺が本当に死んだらこの話書いてもらっていいっすよ」

ハートに火をつけて

群さんは以前、心臓に持病のある女性と付き合っていた。

彼女との出会いは婚活サイトで、どこか寂しげな面差しに惹かれて交際を申し込んだもののの、彼女の病は徐々に重症化して彼の手には余るようになっていった。

外を歩いただけで息切れするなど生活制限のある彼女に不満を抱いた群さんは、彼女を捨てて健康な他の女性と交際を始めた。

「辛気《しんき》臭い女としか思えなくなったんで、ブロックと着拒でサヨナラです。共通の友人なんかもいないし、俺の住所や勤務先は教えてなかったので、それでサッパリ縁が切れるはずでした」

だが、元彼女はストーカー化した。

群さんが新しい彼女とテーマパークで遊んでいると、元彼女が紫色の唇を噛みしめて佇《たたず》んでいる。予約した高級レストラン、チケットを取るのが難しいコンサート会場、混み合う休日の美術館や動物園、そのどこにも元彼女は現れた。

「あいつ心臓がかなり悪くて、ろくに外を歩けなくなってたのに……そんなバイタリティがあるなら、俺と付き合ってるときに発揮しろよって話ですよ」

恨めし気に彼を睨《にら》む元彼女の姿を新たな彼女も目撃してしまい、〈なんか怖いから嫌になった〉と群さんは別れを切り出された。

「俺も頭にきて、嫌がらせは止せってあいつに言おうと思ったんですが、連絡が通じなくなってたんです」

元彼女の携帯電話はもう使われていないようだった。そこで二人が出会った婚活サイトを閲覧すると、元彼女はとっくに退会していた。

「たぶんあいつ、もう生きてないんじゃないですかね」

ある夜、群さんが飲んだくれて自宅マンションに帰ると、ドアの前に元彼女がぽつんと後ろ向きに立っていたのだという。

「〈おい！〉って怒鳴ったら消えたんですがね……死んで、ぼろぼろになった体を離れて身軽になったから、俺のところに来たのかと。そう思ったんです」

ハートをちょうだい

今まで病気など無縁で女遊びに興じていた群さんだが、自宅前で元彼女が消えるところを目撃して以来、胸痛発作に悩まされるようになった。

その発作は強烈で、長い爪を心臓に突き刺されているような痛みもあれば、心臓を直に握りつぶされるような、死の恐怖を覚えるほどの激痛が三十分以上続くこともある。

「もう死んだ方がましだ、いっそのこと殺してくれってくらいの痛みです。でもね、医者に行っても、〈何処も悪くない〉って言われて帰されるんですよ」

聴診、心電図、胸部X線、エコー、CTなど検査の限りを尽くしても、医学的には群さんは健康体そのもので何の問題もない。

精神的なものか心療内科に行ったこともあるが、そこでも問題は解決しなかった。

「発作が来て床を転げまわってるとき、いつも耳元であいつの声がするんです」

激痛に涙を流す群さんの固く瞑った目蓋《まぶた》の裏に元彼女が微笑《ほほえ》んでいて、〈もうすぐ一緒になれるね〉と言ってその日を指折り数えるのだという。

両手で十本ある指のうち、カウントは八本目まできている。

真実は帳尻を合わせてくれる

奇妙な運命のいたずらによって、過去に描かれた出来事がのちに真実となってしまう事は珍しくない。ある人はそれを偶然と笑い、ある人は予言と呼び、ある人はひたすら怖がる。

そんな「追いついた真実」の中で、とりわけ奇妙なものを紹介しよう。

近未来の地球を舞台にしたゲーム「デウスエクス」の開発中、プログラマーの一人が誤って、ニューヨークの場面にＷＴＣ、通称「ツインタワービル」の設置を忘れてしまった。ＷＴＣビルはニューヨークのシンボル的建造物のひとつである。にもかかわらず、二〇〇〇年にゲームが発売されるまでこの事実に気づいた関係者はいなかった。だが翌年、真実のほうが追いかけてきた。飛行機のテロによってＷＴＣビルは崩壊、この世から本当に消えてしまったからだ。

日本でもヒットした超常現象ドラマ「Ｘファイル」には「ローン・ガンメン」というスピンオフ作品がある。この第一話が放送された時、視聴者は衝撃的な物語に釘付けとなった。

操縦用コンピュータをハッキングされた飛行機が、ＷＴＣビルに突撃しようとするストーリーだったのだ。

人々が衝撃を受けたのは、その話が事実をもとにしていたためではない。当時の感覚ではありえない出来事だったからだ。第一話の放送は、二〇〇一年三月四日。９１１の爆破テロが起きる半年前の放送だったのである。時を経て真実が追いついてきたのだ。

ちなみにドラマ中では、飛行機テロの首謀者は過激派との戦いで利益を得ようとする武器製造企業だったと語られる。これは単なるフィクションの筋書きなのか、それとも確証に満ちた「予言」なのだろうか……。

人違い

朝の通勤ラッシュ時、東京の新橋駅前の広場でのこと。

恵里さんが急いでいると、前から三歳くらいの女の子が駆け寄ってきた。

よけようとしたが女の子は両手を広げて通せんぼし、笑いかけてくる。

「なあに？　わたし、ママじゃないよ」

笑い返すと、女の子は笑顔をこちらに向けたまま走り去った。

それから数日後の週末、恵里さんは実家のある九州へと帰郷した。

夕食まで時間があるので近所を散歩することにし、あちこち巡って最後に、子供のころによく遊んだ公園に寄った。

一人だけ女の子が遊んでいて、恵里さんに気がつくと駆け寄ってきた。

「え？」

新橋で会った女の子だった。

二時間後、恵里さんは公園で倒れているところを探しに来た弟に見つけられた。

座り込んで、動物形の遊具にもたれるようにして意識を失っていたという。

上半分

幼少時代の中西さんは、村にある大きな森が大好きで、毎日のように通っていた。

ある日のこと、中西さんはいつもとは違う方向を選び、森の奥へと進んでいった。

しばらく進むと、前方にある枝に何かがぶら下がっているのが見えた。

逆光になっていてよく見えない。少し近づいて、それが何か分かった。

首吊り死体である。服装や体型から察するに女性である。

膨れ上がった顔面から目を離せずにいると、女性がいきなり痙攣し始めた。

まだ生きている。助けなければ。

駆け寄った中西さんの目の前に女性の下半身だけが落ちてきた。

どう見ても腐り果てている。中西さんは悲鳴をあげながら逃げ出した。

あと少しで森から出られるというところで、前方に先程の首吊り死体がぶら下がっているのが見えた。

今度は上半身だけである。やけに腕が長く見えたのを覚えているそうだ。

それからは、どこをどうやって逃げても、常に先回りされてしまった。

遅い帰りを心配した母親の声が聞こえた途端、死体は一瞬で消えたという。

台所の人影

「オンナいるだろ？　隠すなよ」

「なんで隠すんだよ。いねーよ、オンナなんて」

「うそつけ。このあいだお前を迎えにいったとき、部屋の台所の窓からみえたもん」

「は？　いないし。ひとり暮らしって知ってるだろ。どんなオンナだよ」

「くもりガラスだったからハッキリとはみてねーけど、髪の長い人影があったよ」

アパートに着く手前で、思いだして台所の窓に目をやった。部屋の電気をつけっぱなしにしていたので、なかがぼんやりとみえるが人影のようなものは一切ない。

なにかそれっぽくみえるかもしれないと、さらに目を凝らしていると窓が開いた。

まったく知らないオンナの、顔。

血手形

秀吾さんが東京で古本屋を始めたが、二年ほどで店を畳んで帰郷しようとしているときに、同じビルの居酒屋の主人から「あんたはがんばったよ」と言われた。同じ場所で彼の知るかぎり半年続いたテナントはなかったそうである。

「今だから言うけど、二十年近く前このビルで飛び降りがあってね。落ちた女の子が息絶える前に血流しながらビルに入ってきて、しばらく古着屋で服眺めてたんだよ。そのとき古着屋があったのがあんたのお店の場所なの」

それ以来どんな店が入っても半年持たないんだよね、という話だった。

秀吾さんは二年間一度も幽霊などは見なかったが、売り物の本がたまに血のようなもので赤く汚れているのでとても困っていたそうだ。

汚れは手の形をしていて、今思えばたしかに「女の人の手のようだった」とのことである。

家守

沖縄に住む西さんの家は家鳴りがひどかった。

コンクリート打ちっぱなしの堅固な、沖縄では一般的な家であるが、夜中になるとパチパチと音が鳴りまくったという。

一度だけ、夜中に目を覚ました西さんは、家の外の壁面に無数のヤールー（ヤモリ）がいるのを目にした。その数、おおよそ百匹はいただろうか。

しばらくすると、ヤールーは家の内部にも侵入してくるようになった。基本的に爬虫類が大嫌いな西さんは、その日のうちに蒸散式の殺虫剤を家の中で焚いてしまった。

「それからですかねえ。今度はわたしが病気になってしまってね。殺虫剤のせいか家の外にもヤモリがまったくいなくなったんですよ――やはり家を守っているから家守なんですかね。僕はおかしなことをしちゃったのかなあ」

西さんは急死する二ヶ月くらい前に、よくそんな話を近所の人にしていたという。

訳あり人間

前の住人は首を吊って死んだと聞かされていた。

家賃が安いならかまわないと、その部屋に住むことにする。ゆうれいが現れることは一度もなかった。だが、そこで暮らしてからというもの、つきあう恋人が自殺する。

もう何年も前に、その部屋から引っ越した。

それでも、いまだに恋人の死は止まらず去年、ついに五人目の死者をだした。

「訳あり物件は、訳あり人間に変わったんです」

そういうと、嬉しそうに笑っていた。

奪

出勤しようと駐車場へ向かったところ、ワイパーに封筒が挟まれていた。封を開けてみれば一枚の便箋が入っており、そこにはたったひとこと「うばいます」の殴り書き。

首を傾げながら車に乗りこむ。発進しようとエンジンをかけ、バックミラーへと視線を移した直後、気がついた。

ミラーに吊るしていた交通安全のお守りが、ない。

半ばでちぎれた紐だけが、エンジンの振動で小刻みに揺れている。

もしやあの手紙は、お守りを勝手に貰ったという断り書きなのか。

ならば手紙の主は何者か。気になったものの出勤前とあって熟慮する余裕はない。そのまま車を出した。

「そんな出来事があったよ、気持ち悪いよね――とメールが届いた翌日、兄は交通事故で亡くなりました」

S子さんはそう言うと、喫茶店のテーブルに置いたお守りの紐へ目を落とした。

遺品だという。

焦げ跡なのか腐食しているのか紐は薄黒く汚れており、陰影の浮いた編み目が、蛇の鱗《うろこ》を想起させた。

呆然とするこちらをよそに、S子さんが再び口を開く。

「お守りと事故は偶然ですか。それとも、なにか関係があるんでしょうか。そもそも兄は、なにを奪われたんでしょうか。」

答えを持たぬ私は、なにも言えずにいる。沈黙が続くなか、表の車道を大型ダンプが通過した。振動でテーブルが揺れる。黒い紐がちいさく踊っている。

修学旅行の思い出

A君が小学校の修学旅行で宿泊したホテルでの話。

大広間での夕食を終え、部屋に戻ってくつろいでいると、同室のB君の様子がおかしい。

B君は何もない壁を見つめたまま、はらはらと涙を流している。

一体何事かと思い話しかけてみるが、全くリアクションが得られない。

体を強張《こわば》らせ、壁を見つめ、ただただ涙を流すばかり。

ちょっと普通ではないので、担任の先生を呼んだ。

やってきた先生は部屋に入るなり「うわっ」と何かに驚いたような声を上げ、涙を流し続ける友人の目を塞ぐように手を当てると、A君に部屋から出るよう促した。

意味もわからないまま廊下に出たA君の耳に、部屋の中から大きな笑い声が聞こえたのは間もなくのこと。

「先生もBも男なんだけど、聞こえたのは女の声だった……」

おそるおそる中の様子を窺うと、布団に横になっているB君の傍らで、先生が壁を見つめたままじっとしている。

「『先生？』って声を掛けたんだけどさ」

先生もまた、微動だにせず、壁をじっと見つめて涙を流していた。

その後、一連の出来事がどう終息したのかA君には記憶がない。

A君は、横になっているB君と、涙を流している先生を指差しながら、半狂乱で笑っているのをクラスメイトに発見され、気付けば病院にいた。

「Bや先生よりも、俺の方がヤバい奴みたいになってて、心外だった」

そのB君や先生にも、あの部屋での記憶が全くないのだと知らされたのは、しばらく経ってから、成人式で再会した時のことだったという。

ブルゾン

昨冬、弟が古着屋でブルゾンを買ったのだが、それが少し変なのだと礼さんは言う。

「〈これ、着ると暖かいんだよ。ヒート●ックなのかな〉って言うの、うちの弟。それユニ●ロじゃないでしょって言ったら、姉貴も着てみろよって」

試しにブルゾンをはおってみると、礼さんにも確かに暖かく感じられた。

「でも、すぐ脱いじゃった。寒い日に夫に背中から抱きしめられた感触とそっくり」

ブルゾンの背中から二の腕、そして胸の前部のみがじっとり湿って暖かかったのだという。

背後から誰かにぴったり抱きつかれ、胸に手をまわされたらちょうどそんな感じになるだろう。

「うちの弟、彼女がいたことないんですよ。だから人肌の心地がわからないんでしょう」

弟さんはブルゾンをとても気に入ってヘビロテしているようだし、礼さんはケチを付けたくなかったので、違和感を伝えず放置していた。

「そしたら弟、みるみる痩せてきちゃって。痩せたってより、やつれた感じだけど」

今までどんなダイエットも続いたことのないメタボ体型の弟さんが、ひと冬で十キロ以上も痩せたのだという。

「春になってあの服を着なくなったらね、フィルムを巻き戻したみたいにどんどん元に戻ったの。運動や食事とか、生活習慣は冬場と全然変わらないのに不思議よね」

ブルゾンは今も弟さんのクローゼットに吊られている。

次の秋冬シーズンが来るまでに、処分するよう勧めた方が良いだろうかと礼さんは悩んでいる。

おとうちゃん

保さんは夏休みで退屈していたとき友人に誘われてバイクで海へ行った。海水浴客を横目に海岸沿いを走っていると、前を走る友人が急に細い横道へ折れたので、どこへ行くんだろう？　と思いながら付いていくと小さな墓地に行きついた。

バイクを降りた友人は無言で墓地の敷地に入っていく。保さんが呼びかけても無視して一つの墓の前へ立つと抱きつくように墓石にしがみついて「おとうちゃん、おとうちゃん」と言い出した。

子供が甘えるみたいな口調だったという。保さんは気味が悪くなってむりやり友人を墓から引きはがしバイクのところまで引きずっていったが、そのときには友人は正気にもどっていて、自分がどうしてここに来たのか何も覚えていなかったそうだ。

霊安室で一泊

ひとむかし前の話。男性看護師のNさんは地下にある霊安室に器具をとりにいった。

室内で器具をみつけたとき、うなり声が響いてきた。

以前から「でる」というウワサがあったので怖くなりすぐに逃げだす。実は同僚が隠れて脅かしていたのだが、まったく気づいていないNさんは鍵を閉めて上の階にあがっていった。

翌日の朝、同僚は霊安室に入った医師によって発見された。

「おばけ、もういいよお、おばけ、もういいよおおお」

ぶつぶつ呟いていたという。

さよならスイミング

悟さんは幼いころ、泳ぐことが大好きだった。年齢の割に泳ぎが達者なのでスイミングスクールから勧誘されたこともあったという。

そんな彼は成人した現在、全くのカナヅチとなった。

「きっかけは小学一年のとき参加した、学校主催のキャンプでした」

テントで一泊した際、悟さんはキャンプ地に近い川で無性に泳ぎたくなった。

「先生から川遊びは厳禁だと注意されていたんですけど、我慢できなくて」

彼は眠る級友を起こさぬようにこっそりと深夜テントを抜け出し、キャンプ地から百メートルほど離れた川へ向かった。

夜の川面は炭のように黒く深さも知れなかったが、不思議と怖くなかった。躊躇《ちゅうちょ》なく服を脱ぎ捨て、生まれたままの姿で川へ入る。

川底は悟さんの足がつかないほど深かった。

楽しく水を蹴って泳いでいたら、右足がぐいっと何かに引っかかった。

固いので木の根かと思ったが、力を入れても足はびくとも動かない。

「潜って触ってみたら足首がぐるりと固い物に巻かれていて、急に恐ろしくなりました」

川の真ん中で動けずに困っているとき、急に世界の輪郭がぶれた。

暗い川面に水を掻く手が四本見える。その四本の手は、全て悟さんの肩から生えていた。四本のうち二本は見慣れた彼の手だったが、残る二本は指が異様に長く、指間に水掻きのような皮膜が張っている。

「直後、白い光を放つもう一人の私が、ぬるっと体から抜けて川に潜っていったんです」

体から抜けた分身の顔は彼そっくりだったが、水掻きを持つ手足はカエルに似ていた。

分身が抜け落ちると同時に、彼を捕えていた足枷《あしかせ》が外れた。

また捕まってはたまらぬと逃げようとしたが、体がなかなか川岸の方に進まない。

あれほど得意だったのに、どういうわけか泳ぎ方が思い出せなくなっていた。

適当に手足を振り回してなんとか川岸までたどり着いた悟さんは、濡れたままの体に服を纏《まと》ってテントまで逃げ帰ったという。

「その日以来さっぱり泳げなくなって、水に浮くことすら難しくなってしまいました」

川に消えた分身に水掻きがあったというが、その頭にはお皿は乗っていなかったか。

そう尋ねると、〈それ、私に河童《かっぱ》が憑いてたってこと？〉と悟さんは苦笑した。

お祖母ちゃんの骨壺

「ママ、これなあに?」

「それは骨壺。ママのママ、あんたのお祖母《ばあ》ちゃんのお骨が入ってるの」

「お骨? あけてもいい?」

「開けちゃダメ……なのかな?」

いわれて一度も開けたことがないのに気づいて、興味が湧いてきた。

「……ちょっと開けてみようか」

「うん!」

覆い袋の紐をほどき、陶器のフタを開けてみる。

お祖母ちゃんの顔が嗤《わら》っている。

いちばん叫んだ

廃墟になっていたむかいの家の工事が始まった。

ひとり暮らしをしていた老婆が亡くなってから長年放置されていたが、持て余していた遠方に住む息子が土地ごと売却しての解体工事だった。

夜、半分崩れた家をみながら「お婆ちゃん、家を大事にしてたのになあ」とつぶやく。

すると、ぼッと死んだ老婆が目の前に現れて「かなしいのよおお！」と叫び消えた。

人生でいちばんの絶叫をしたそうだ。

四人目

大学時代の友人と久しぶりに会い、昔話に花が咲いた。雄太さんは飲食店を経営しているので、今度うちの店にメシでも食いに来いよと誘うと、それなら他にも声をかけて同窓会でもしようということになった。

仲のよかった数人に声をかけたが、予定が合わない、海外に住んでいる、連絡がつかないなどの理由で来られるのは結局三人のみ。雄太さんを含め、四人のプチ同窓会である。

当日、夜になると店の暖簾《のれん》をしまい、貸し切りの看板を掛け、料理と酒を準備して待っていた。やがて、先日会ったばかりの友人が一人を連れてやってきた。

参加者はあと一人。だが、雄太さんは今朝から気になっていたことがあった。

「変なこと訊くけどさ、あと来るのって誰だっけ?」

冗談ととったのか友人二人は笑ったが、急に「あれ?」と真顔になった。誰も覚えていないのだ。

今夜集まる四人は電話で何度もやり取りをし、情報を共有している。三人が揃いも揃ってその友人の名前も顔も思い出せないなんてありえない。それぞれの電話の履歴も見たが、ここにいる三人の番号しかなかった。

自分たちは誰を呼ぼうとしていたのか。今夜、いったいここに誰が来るはずだったのか。

雄太さんは背筋が寒くなったそうだ。


「不躾《ぶしつけ》なことをお尋ねしますが、学生時代の友人に亡くなられた方はいませんか?」

私の質問への答えはノーだった。

一人、海外へ行くといったきり行方不明になっている者がいるが、雄太さんとは絶交状態で、四人目が彼である可能性は極めて低いということだ。

乗車拒否

川上さんは十年程前、当時勤めていた会社の海外事務所を任されていた。

アジアの某国である。大きな都市ではなく、地方都市だった。

娯楽施設があるような土地ではなく、職場と家の往復の毎日である。

時々、休暇を取って、土地の風景を見てまわるのが唯一の楽しみであった。


ある日のこと。休暇を取った川上さんは、長距離バスに乗ってみようと思い立った。

現地採用した部下を通訳として同行させ、川上さんは早速、バスに乗り込んだ。

行き先は国境近くの村だ。古い寺院があるという。

出発を待つ間、係員らしき男がポラロイドカメラで乗客を撮り始めた。

部下が言うには、事故に遭った時に使う身元確認用らしい。

半ば呆れながらも興味津々で撮影を見守る。と、係員はひとりの男の前から動かなくなった。一枚目が失敗したのか、二枚、三枚と連続して撮影した。

出てきた写真をまじまじと見つめていた係員は、意を決したように男に話しかけた。

男は険しい顔で係員を睨《にら》みつけ、荒い口調で言い返す。

とうとう口論になってしまったが、結局諦めたのか、男はいきなり降りてしまった。

あれはどうしたんだと川上さんが訊くと、部下は渋い顔で言った。

「係員はこう言ってました。あんたを写したら、一緒に血塗《ちまみ》れの女が写る」

元気でな

太さんが通っていた学習塾のN先生が授業中に突然教室を飛び出して、しばらくすると全身土と枯葉まみれになってもどってきたことがあった。

騒然としている生徒たちを無視して先生はその姿のまま淡々と授業を再開し、最後に「じゃあみんな元気でな!」と手を振って教室を出ていった。

N先生はその二日後にバイク事故で命を落とした。

居眠り運転のマイクロバスを避けようとして沿道の林に飛び込んだ先生のバイクは、木の根に転ばされてから十メートル近く地を這ったらしい。首の骨が折れて亡くなったというN先生の体は、全身が土と枯葉まみれだったと聞いている。

カー

沖縄県那覇《なは》の某所に、ユタでさえ足を踏み入れない土地がある。

そこは空き地にカー（井戸）跡がひとつあるだけの、そんな場所である。

「近くに昔、遊郭があってですね」と、近所に住む大城さんは語る。「沖縄では子どもが産まれると、その身体を洗うためのカーがあって、そこは町の反対側にあるんですが、ここはどうやら違うようです。このカーは堕胎した赤子の残骸を捨てたカーなんですよ。だから悪いものが集まってくるし、遊女たちの悲しみがそこかしこに息づいているんですよね」

つい最近、大城さんがその場所を通ると、なぜか一匹の犬と鳩がそれぞれカーの近くで死んでいた。どちらも腐敗して、蛆虫がたかっていた。後日、そこの所有者が波上宮《なみのうえぐう》の断崖から身を投げて死んだことを知った。

その後、本土出身の男性がその土地を買い、コンクリート打ちっぱなしの三階建ての家を建てたが、一ヶ月としないうちに不幸が続き、家を売り払い、本土に帰っていった。

現在ではその家をとある会社が買い取り、事務所になっているが、夜中は騒がしいので誰も残業をしないという話を人づてに聞いたという。

痛いっ！

仰向けに寝ていてふと目が覚めたら、右手に違和感を覚えた。

細い糸のような物が、何本か指の間に煩《わずら》わしく絡みついている。

寝ているうちに布団の縫い目がほつれてしまったのだろうか。

就寝時には布団にほころびなどなかったように記憶しているが……どうにも眠くて、思考がまとまらない。

左向きに寝返りを打ち、思いきり右手を体に引き寄せた瞬間のこと。

〈痛いっ〉とすぐ近くから女の声がした。

驚いて目を見開いたが、部屋には自分一人きり。

ただ、引き抜かれた長い黒髪が数本、淡い月の光を受けてほろほろと崩れるように消えていくところだった。

祖母の穴

市川さんは幼い頃、祖母におんぶされるのが大嫌いだった。

両親は笑い話にしているのだが、とにかく徹底的に嫌がり、泣き叫んで拒否したという。

実を言うと市川さんは、当時の事を覚えていた。

優しい祖母の事は大好きなのだ。ただ、おんぶをされたくない理由がある。

祖母の背中に、大きな穴が開いていたのである。

直径三十センチはある。中は漆黒の闇に満たされ、底が見えない。

祖母自身にも、周りの皆にも見えていないようであった。

市川さんはそれが怖くて、おんぶを拒否していたのである。

穴の中には何かが棲んでいるらしく、時々、黒い影のようなものがはみ出している。

祖母は今年、八十九歳になる。内臓系の病気が続き、著しく衰弱している。

亡くなった時、あの穴の中にいる何かが大人しく一緒に焼かれるとは思えない。

間違いなく抜け出す。抜け出して、それから先はどうするだろう。

できれば家族揃って葬儀を欠席したいのだが、それは到底不可能である。

文献を探り、人に話を聞き、身を守る方法を探しているという。

出棺

まだ十代だった従弟《いとこ》が急逝し、稲尾氏は妻と二人で葬儀に参列した。

葬儀会場には彼の死を悼《いた》む嘆きが渦を巻いている。参列者の多くは従弟の通っていた専門学校の友人で、泣き崩れる彼らを見て彼がどんなに慕われていたのかがわかった。

いよいよ出棺となり、稲尾氏は棺の頭側を持った。

従弟との思い出が蘇る。小さい頃はとても自分になついていて、よくデパートの子供の広場でソフトクリームを買ってあげたものだった。

寝台車に載せる直前だった。

ドンッ。

衝撃があった。

驚いた数名が同時に手を放し、棺が大きく傾いた。

他の参列者たちは、何があったのかと顔を見合わせている。音に気がついていた人もいたが、まったく気づいていない人もいた。稲尾氏は棺の中から叩かれたような音と振動を感じていた。

ドンッ。

二度目の音は、そこにいたほぼ全員が聞いていた。

「この子、まだ自分が生きていると思っているんじゃないかしら。焼かれてはじめて気づくのかもね」

叔母が息子の棺を撫でながら声を震わせると、ひと際強くドンッと叩かれた。

本当に、死んでるんだろうな?

訝《いぶか》しむ声が漏れ聞こえる中、従弟の棺は火葬場へと運ばれていった。

自殺現場

室内ではなく、廊下に共有のトイレがあるタイプのテナントビル。そこで自殺があった。トイレのドア板、裏側一面に遺書のような文章を書き、そこで首を吊ったという。その後、やや曖昧だが怪異がおこるとウワサがあるので確かめにいくことにした。夜にいってみたが特になにもなかった。もう一度、翌日の昼にいくと、どこからともなくお経が聞こえてきた。これは記録しなければと思ってスマホで動画を撮る。しかし、どうしてもどこからお経が聞こえてくるのか、わからない。

ウロウロしすぎてビルの管理会社のひとにみつかり、きつめに注意されてその場をあとにした。あとで動画を確認するが、お経など録音されておらず、ただ困っている自分だけが映っていた。

北九州の話である。

この場所と現象に心当たりのある方は、ご一報いただきたい。

ワイン

ある女性タレントから名前を伏せるのを条件に聞いた話である。

マンションの部屋に帰ると、テーブルに置かれたままのコップいっぱいに、ワインが入れられていた。しかし、彼女はワインどころか、アルコールをいっさい飲まない。

ストーカーが入ったのかと思って警察を呼ぶ。すぐに警官たちがきて侵入者の痕跡を探した。ワインを調べて「あの……これ、ワインじゃないですよ」といわれた。

なみなみに注がれた人間の血液だった。

警官たちの前で怖がっていると、母親から連絡がきた。

父親が交通事故にあって大怪我をしたという。

「助かったんですけど、ママが電話したとき、パパは輸血を受けていたんです。そのあと、部屋で変なことは全然ないし。どう思います？　コップに入っていたのって」

パパの血だったんですかね？　と彼女は首をひねっていた。

自撮り

美哉子さんは地元の心霊スポットとして有名な滝をバックに自撮りしたところ、笑顔で撮ったはずなのになぜか魂が抜けたみたいな無表情に写っていたという。何度撮り直しても同じ顔に写るので一緒に来ていた友達に撮ってもらうとちゃんと笑顔に写っている。

なので自撮りしているとき同時に友達の携帯でも撮ってもらったら、シャッター音が同時に響いたにもかかわらず自撮りの美哉子さんは無表情で、友達の撮った美哉子さんは満面の笑顔だったそうだ。

ヤシの木

沖縄県の北谷の五十八号線道路を走行中、仲本さんは中央分離帯に植えられた前方のヤシの木の上に、何かがいるのを見つけた。

それは体長一メートルくらいの真っ赤な子どものようなモノである。

「何だ？　あれはキジムナーか？」

よく見ようと目を凝らした瞬間、中央分離帯に接触して横転してしまった。

しばらくして到着した救急隊員に、どうしたんですかと聞かれて仲本さんは答えた。

「木の上にキジムナーがいよったから……」

すると救急隊員はヤシの木を見上げて言った。

「そういうのがここにはいるから、二度と見上げたらダメです」

「よくいるんですか」と驚いた仲本さんが聞くと、救急隊員は言った。

「わたしはこのエリア勤務三年目。これで五回目よ」

とりあえず、命は助かったんですが、と仲本さんは語った。

天髪

夏休みに家の近所で遊んでいたら、白い物が空から降ってきた。

それはとても軽くて脆い物で、地面につくとその衝撃ゆえか崩壊してしまうので、雪のように積もることはなかった。

はらはらと散る桜の花びらのように、優雅に地面に落ちてくるそれを空中で器用にキャッチする。

わたあめの如きそれを手のひらに盛り、ごしごし両手を擦り合わせてみる。それは揉むごとに減っていき、しまいにはなくなってしまった。

揉むとなくなるのが面白くて、上を向いて遊ぶうち、開けていた口にそれがひらりと入った。

舌の上で淡雪のように溶けてなくなるそれは、甘くない麩菓子《ふがし》のような食感でたいして美味しくはない。

唐突に降り止んだので家に帰ると、母親が〈どうしたのそれ！〉と叫んだ。

鏡を見れば、もみ上げから一筋だけつまんだように髪の毛が白髪になっていた。

天梯

彼が中学生だったある夜のこと、自室で目覚めると頭上から神々しい光が射していた。

「いわゆる〈天使の梯子《はしご》〉にそっくりでね。当時はそんな呼び名、知らなかったけど」

電灯のあるはずの場所から、白く暖かい光が降りそそいでいる。

ああ、綺麗だな。

優しい煌《きら》めきに見とれていたら、そこからいきなり声が降ってきた。

「一生寂しい」

男とも女ともつかぬ声が厳かに告げた途端、光は消えた。

いつもの様子に戻った部屋がやけに陰気に感じられる。

「時計を見たら午前三時だったんで、俺は呑気に二度寝しちまったんだ」

目覚し時計が止められていて、遅く起きた彼は両親の不在に気づいた。

数時間後、彼にもたらされたのは最悪の知らせだった。

彼の父母は一人息子の彼を遺して、屋外で心中を遂げていた。

孤児になった彼は厄介者として親戚の間をたらいまわしにされた。

「それで俺はちょっと荒れてしまって、怖がられて友人ができなかった」

詳しくは言えないが、警察の厄介になるようなこともあったと彼は言う。

現在は更生して真面目に働いているが、これまで彼には友人と呼べる人も、交際相手もいたことがない。

「なんかね、俺って人との縁がとても薄いような気がする」

あの日のことが予言だと思うと呪いになってしまう。

だから、彼は〈一生寂しい〉かもしれないが、心を強く持って生きなさいという親切な忠告だったのだと考えるようにしている。

「そう考えでもしなきゃ、やってらんないよ」

彼はそうこぼすと話を終えた。

悔

Mさん宅では、祖母の命日になると形見のオルゴールが鳴る。美しい細工の施された木箱が、トロイメライをワンフレーズだけ響かせるのだ。祖母が生前、大事にしていた品だと知ってはいるが、あまり良い気はしない。率直に言えば、怖い。

だが、父親だけは震えも怯えもせず「偶然だ」と家族を叱った。

祖母が亡くなったのは五月はじめ、寒暖の差が大きい時期である。そのために木箱が収縮し、はずみで歯車が動くだけなのだ——そんな持論を展開すると、父は「証明してやろう」と宣言し、オルゴールを日曜バザーで売ってしまった。もしかしたら、自分の母の形見を怖がる家族に憤っていたのかもしれない。もしくは理系特有の悪癖が、つい突飛《とっぴ》な行動を取らせたのかもしれない。だがいずれにせよ、ほどなく父はオルゴールを売ったことを後悔した。思い出を手離したからではない。

オルゴールが家から消えたいまも、命日になるとトロイメライが聞こえるのだ。

暴れる女

武田さんは道路工事の作業員である。

今年の春にアルバイトで入ったばかりだ。

新人の教育係である飯島は言動が荒い男で、何人ものアルバイトを辞めさせてきた経歴の持ち主であった。

飯島は、分からない事を質問すると露骨に嫌がった。

面倒臭さを露骨に見せ、一度だけ、それもいい加減に教えるだけだ。

訊き直すなどとんでもない。途端に罵詈《ばり》雑言《ぞうごん》が飛んでくる。

他の社員は巻き込まれるのを嫌がり、完全無視を決め込んでいる。

孤立無援の武田さんは、それでも歯を食いしばって働いていた。

そんなある日、武田さんは新しい現場に向かっていた。

とある交差点のアスファルト舗装だ。

準備に手間取った武田さんに苛立った飯島は、事もあろうにスコップを投げつけてきた。

アスファルトが飛び散り、降りかかってくる。

辛うじて避けたが、袖口から少し入ってしまった。百四十度近くもある物が地肌に付いたのだから、たまったものではない。

さすがに拙《まず》いと思ったか、飯島は武田さんに休憩を命じた。

水で冷やしながら、ぼんやりと作業を眺めていた武田さんは、我が目を疑った。

飯島の足下に俯《うつぶ》せの女がいるのだ。この世のものではない事は直ぐに分かった。

半透明の体を通して路面が見えている。

そもそも、熱せられたアスファルトの上に横たわることなど不可能だ。

飯島が路面をならす度に体をかき回されるのか、女はパタパタと手足を動かして暴れていた。

作業を終え、各自がトラックに乗り込んだ。

飯島は、いつものように一人だけ乗用車で先に帰っていく。

助手席に半透明の女が座っているのが見えたが、武田さんには何もできなかった。

帰り道で飯島は大きな事故を起こし、帰らぬ人となった。

おかげで武田さんは、快適な毎日を過ごしているという。

龍脈の家

伊計さんの知り合いの家が沖縄県北部の山の中にあったが、その家に宿泊したときに、一度だけおかしなものを見たという。知り合いたちとそこで酒を飲んだときに、ふと見上げた夜空になんと龍がいたのである。満月に近い月の光を浴びて、生めかしく輝いていた。

「あれは……龍じゃないか」と伊計さんがそうつぶやくと、その家の持ち主である仲村さんがうん、うんと、頷いた。その場にいた全員がそれに見とれた。

「前にも見たのか?」と伊計さんが聞くと、仲村さんは、

「そうだなあ」とあいまいな返事をした。「うん、うん。そうかもしれないなあ」

ところが仲村さんはその後、次第に精神を壊してしまった。あれだよ、うちは鬱病の家系みたいで、親父も祖父も鬱病だったんだよ。最後に会ったとき、仲村さんは細い声で伊計さんにそう伝えた。それからしばらくしてから仲村さんは、突然山の上で首を吊って命を絶ってしまった。

沖縄では龍が通る道、すなわち龍脈の上に家を建てるものには災いが来ると古来より言い伝えられているが、おそらく仲村さんもそれで気がおかしくなったのではないかと、現在でも噂されている。

溺れてるぞ

突然の「溺れてるぞ！」の声に驚いた。

沖のほうに目をやると小学生だろうか、片腕をバタバタと振り動かして波を荒立てている男の子がいた。

すぐに彼にむかって何人かが泳ぎだし、あっという間に救出された。

男の子は息を切らせながら何度もむせている。

「底に落ちていたコレ、なんだろうと思って、拾ったら足が引っぱられて……」

彼が片手に持っていたのは位牌《いはい》だった。

出る会社

伴也さんはバイトの面接に行った会社で「うち幽霊出るけど大丈夫？」と訊かれた。

「バイトさんは遅くならないからたぶん見ないと思うけど、夜十時過ぎると廊下の奥によく白い帽子被ったおじさんが立ってるんだよね」

「ただ立ってるだけ。何もしない」

「あってもたまに指さしてくるときがある」

「指さすだけ。他は何もしない」

「指さされるとちょっと体調崩したり、軽い怪我することあるけどそれだけだから」

「転んで指の骨にひび入ったりとか、せいぜいその程度」

バイトは採用されそうだったが、伴也さんはその場で辞退したそうだ。

出る小屋

漫画家のBさんは旅先の居酒屋で地元のバイク乗りサークルの人たちと知り合って話をした。そのリーダーらしき人の話では、地元民しか知らない心霊スポットのボロ小屋が山の中にあって、そこは「確実に出る」場所なのだという。

ただ途中が雑草や倒木に埋もれた道などでもあるせいか、日によっては迷って現地にたどり着けないこともあるらしい。

そんなときは無理せず早めに帰らないと日が暮れてから事故に遭う。

事実リーダーの人は夜まで迷った末に帰り道で事故を起こして、今も肩にボルトが入っていると語っていた。

ちなみに小屋に出るのは首の長い女の幽霊とのこと。

終わる前

サトルさんがある日、仕事から帰宅すると、家の中は真っ暗だった。電気をつけると居間のテーブルの上に白封筒が無造作に置かれてある。中の手紙を読むと、妻が子どもを連れて出て行った旨のことが書かれてあった。

あいつ、本当に出て行きやがった。サトルさんはショックでしばらく動けなかった。

落ち込む気分をまぎらわすためキッチンに向かい、酒でも飲もうと電気をつけた。

キッチンの側面にはめ込み式の食器洗い機があったが、そのドアが半分開いていた。と、そこに体長三十センチ以上はあろうかと思われる、巨大で真っ赤な色をしたゴキブリがいた。そいつは触覚を小刻みに動かし、蛍光灯の光にヌメヌメと赤く光りながら、ゆっくりと食器洗い機の中に消えてしまった。

なんだこいつは！

びっくりしたサトルさんは急いで食器洗い機に駆け寄り、ドアを開けて中を確認したが、そこは逃げ場のないステンレスで、そんな赤い巨大ゴキブリなど存在していなかった。

それからすぐにサトルさんは離婚し、その家は売り払われ、マンションを建てるために解体されたという。

雪の朝

前夜から断続的に雪が降り積もった朝。
雪かきをすべく早起きしたR氏は、庭へ出てすぐに不思議なモノを見た。
それは自宅玄関からどこかへ続く足跡。
まだ五時にもならない時間、自分の他に家人が起き出した様子は無い。
不思議に思い足跡をたどると、家の裏に祀《まつ》ってある氏神の祠《ほこら》へ続いていた。
なんだか胸騒ぎがし、慌てて家の中に戻って年老いた父親の部屋に入る。
そこには、既に冷たくなった父が穏やかな表情で布団に横たわっていた。
生前は「俺が死んだら祠を頼むぞ」が口癖だったという。

今際の

木村の婆は飼っていた老猫が死ぬとき〈ツギハヒト〉というのを聴いたと云って譲らない。

生きているか

写真の整理をしていると、来年で小学生になる息子が部屋に入ってきて興味深そうに作業を覗き込んできた。

しばらく黙って横で見ていたが、急に「あっ」と声を上げて写真に顔を近づける。学生時代の古い一枚だ。そこに写る当時の親友を指差すと、息子は朗々《ろうろう》とお経を唱えだした。ナンマイダァみたいな稚拙な真似事ではなく、葬儀で聞く本物のようだった。

唱えながら写真が凹《へこ》むほど指でぐいぐい押し込むので「やめなさい！」と手を掴んだ。

息子はきょとんとした顔で「このひといきてるの？」と訊いてきた。

あまりに不謹慎なので思わず怒鳴りつけると、息子は泣き出した。

写真の友人が数年前に闘病中であると他の友人から聞いていたが、安否は不明である。

神を真似た男

二〇一一年、韓国ではあまりにも奇妙な死が世間を賑わせる事となった。死亡したのは五十代のタクシー運転手。何と彼は十字架へ磔《はりつけ》にされていたのである。運転手はほぼ全裸の状態で、腹部が大きく切り裂かれており、両手両足には木の楔が打ち付けられていて、おまけに頭部には茨《いばら》の冠を被り、身体《からだ》中に鞭《むち》の跡が残っていた。誰が見ても、キリストを模倣したと分かる死に様だったのだ。

猟奇殺人か、それとも裏組織の見せしめか。色めきたっていた世間は、警察の発表に二度驚く事となった。地元警察は、彼の死を「自殺」と断定したのである。

根拠となったのは、遺留品の中にあった「自殺計画」を記した紙だった。地元警察の説明では、運転手は自身を十字架に縛り付けてからナイフで腹部を裂き、その後に電気ドリルで手足に穴をあけ、金槌《かなづち》で楔を打ち込んだというのだ。

専門家からは「十字架の構造上、一人きりで足に釘を打つのは不可能だ」「現場から発見された薬（全身を麻痺させる薬が発見された）を飲んでいたとすれば、作業をおこなうのは無理ではないか」など異論が噴出。だが、警察は現在も「自殺だった」という結論を覆しておらず、自殺か他殺かの議論はおさまっていない。

もし第三者が殺害、もしくは自殺に協力したのだとすれば、その人間は神の使いではなく悪魔の使者に思えてならないのだが……真相は今も、闇の中だ。

神を飲み込んだ男

聖なる存在によって命を奪われた奇妙な出来事だ。

一九八七年、トロント東拘置所に収容されていたカナダ人男性、フランコ・ブルンは何とも奇妙な方法で死亡している。十センチほどしかないポケットサイズの聖書を丸ごと飲み込んで窒息死したのだ。

精神疾患を患っていたフランコは軽犯罪で逮捕され、二週間の勾留措置を受けていた。だが面会に訪れた親族が「息子の中には悪魔が棲んでいる」と言ったのを彼は聞き、自身の内に宿る悪魔を倒そうと聖書を飲み込んだのである。

彼を死に至らしめたのは神の御業か悪魔の仕業か、それとも親族の無知だったのか。本当に恐ろしいのは、いったい誰なのか。

予言

沖縄の北部にある大宜味村での話である。

みちるさんが二十歳の頃、甥っ子たち数人と川でカニなどを取って遊んでいると、近くの岩の上に大人の腕ほどある大蛇がいた。

大蛇はいきなり、「なかそね」と叫ぶと消えてしまった。

それからきっかり一年後、みちるさんは仲宗根《なかそね》家の男性と結婚したという。

頭突き

藤野氏は高校時代に一度だけ、山で遭難しかけている。

どういう理由があったかは忘れたそうだが、その日は学校へ行かず、親に作ってもらった弁当だけを持って家の裏にある山へ行った。ハイキングなどもでき、地元では家族連れにも人気の山である。奥には小さな池があり、そばにある木陰で休憩していると、何人かの子供の声が聞こえてきた。

なんとなく見つかるのはまずい気がして隠れようとしたが、間に合わない。森の奥から走ってきた七、八歳くらいの子供たちは、まっすぐ藤野氏に向かってくる。そのままぶつかってきそうな勢いなので避けたがこれも間に合わず、子供たちは藤野氏に頭から突っ込んできた。

ドスッドスッと子供たちの頭突きを腹に受けたが、なんとか倒れずに持ちこたえる。

「この悪ガキがっ!」

懲らしめたいが、動きが素早すぎて捕まえることができない。猿のように機敏な動きで逃げ回る。

しばらく追いかけっこをしているうちに、あることに気付いた。

逃げ回る子供たちの中に、四年前に交通事故で死亡した男の子とよく似た子がいる。

近所に住んでいた子だったのでよく覚えていた。

学校にも行かず、平日の朝から山の中で遊んでいる子供たちにも違和感を覚える。

考えれば考えるほど、事故死した男の子のような気がしてくる。そうなると、他の子どもたちも生きていない気がする。

ゾッとして追いかけるのを止めると、子供たちは来た時のように走って去っていった。

藤野氏が家に帰ることができたのは夕方だった。

帰宅の途につこうとすると何かに足を掴まれ、歩くのを邪魔されたからだという。

能面

飯島さんは、ある年から祖父の家が苦手になった。

祖父自身は優しくて大好きなのだが、家に飾られた能面が怖いのだ。

詳しいことは知らないが、老人の顔である。祖父がどこかの骨董品屋で買ったものらしい。

祖父の家に泊まる時、飯島さんは決まってこの能面の夢を見てしまうようになった。

白い着物を身にまとった人が、能面を被って座っているだけの夢だ。

ある年、あまりにも飯島さんが怖がるため、祖父は能面を捨ててしまった。

その日の夜。飯島さんは能面の夢を見ずに眠ることができた。

結果を報告しに祖父の部屋へ行くと、祖父は目を開けたまま死んでいた。

その死に顔は、あの能面にそっくりだったという。

ノックノック

とん、と窓のガラスが鳴ったのでカーテンを開けるがなにもない。

(ひとの手で叩く音みたいに聞こえたな)

とん、とん、と再び鳴った。

(それっぽく聞こえるだけで、ガラスが風で揺れているだけだな、きっと)

もう確認もしなかった。

とん、とん、とん。三回目、三回のノックが鳴り終わった瞬間、凄まじい衝撃音が響き渡り、部屋の窓ガラスが粉々に砕け散った。

警察によると、隣の部屋でガス爆発の事故がおこったという。

窓を叩くような音との関係はわからないが、隣人の遺体は爆発の衝撃で手が千切《ちぎ》れるほど損傷していたそうだ。

尋ね人

杏子さんが明け方頃コンビニへ行こうとしてマンションのエレベーターに乗り込むと中の壁に貼り紙があった。

不鮮明な写真のコピーに「この人をさがしています」という字が添えられている。写真はおばあさんの顔のように見える。だが連絡先などは書かれていなかった。

変な貼り紙だなと思いつつ、買い物してもどってきた杏子さんがエレベーターに乗ると貼り紙が別の物に変わっていた。

今度は顔写真はなく「おかげさまで見つかりました！」の文字の下に「ありがとう××杏子さん」と書かれていた。それは杏子さんのフルネームだった。

ぞっとしてエレベーターから飛び出すと、杏子さんは自宅にもどらず建物を出て、その晩は友達の部屋に頼み込んで泊めてもらったという。

翌朝、友達にマンションまで一緒に来てもらうと、エレベーターの貼り紙はなくなっていたが、自宅の玄関を開けたとたん「ありがとうございます！」という子供の声が聞こえてきた。

一緒にいた友達もその声を聞いたが、部屋の中には誰もおらず人が入り込んだ形跡もなかった。

ただカーテンレールにハンガーで吊られた洗濯物のトレーナーの裏側が、まるで煤《すす》を浴びたように黒くなっていたそうだ。

教

「怖い体験ねえ……ド定番だろうけど、コックリさんの話でも良い？」

K美さんは小学四年のとき、親友のミッちゃんとコックリさんを試したことがある。恋愛についての無邪気な質問をひととおり終え、次はなにを聞こうか逡巡《しゅんじゅん》していると、唐突にミッちゃんが「二十年後、私はどうなっていますか」と訊ねた。

直後、それまで動きの鈍かった十円玉が油でも塗ったように紙の上を滑りはじめた。静かに興奮するふたりの前で、赤銅色の硬貨が次々と文字の上に止まっていく。

「ゆ」「う」「れ」「い」

答えに憤慨し、ミッちゃんは途中でコックリさんを止めてしまった。K美さんは懸命に慰めたが「あんたがイタズラしたんでしょ」と疑いをかけられたことで口論となり、しばらくミッちゃんとは距離ができてしまったそうだ。

「子供だからすぐ仲直りしたけど。まあ、あれが悪戯《いたずら》だったらどれほど良かったか。そうだ、先に言っとくけど二十年以上経ったいまもミッちゃん生きてるからね。ただ」

その後、大人になったミッちゃんは勤めていた飲み屋の常連客と結婚する。

ところがこの亭主、異様に嫉妬深い男だった。

「ほかの男性客と話すだろう」と店を辞めさせ、自分以外との外出をいっさい許さない。それでも飽きたらずに、携帯電話の通話履歴やメールを毎日確認し、しまいには彼女宛の郵便物もすべてチェックするようになった。

我慢できずに抗議したその夜、ミッちゃんは寝ているところを亭主に襲われた。金槌で足首を数十回殴打され、骨が砂のようになってしまったのだという。

「おかげで彼女、いまは全然歩けないのよ。まったく……足がないから幽霊だなんて、もうちょっとストレートに教えてくれても良かったのにね」

悔しそうに吐き捨てると、K美さんは吸いさしの煙草を灰皿で押しつぶした。

フードコートにて

その日、A君はショッピングモールのフードコートにいた。

旨くもないラーメンをすすっていると、傍らに小さな男の子がやってきた。

「ちょうだい」

男の子はそう言って、幼い手のひらをA君に差し出す。

——ラーメンを?

戸惑っているA君に対し、男の子は「ちょうだい」と繰り返す。

どこの子供だろうと周囲を見回すが、親らしき人物は確認できない。

困ったA君は、どうしようか思案しながら男の子に目を向ける。

すると男の子は、にっこりと笑い「ありがとう」と言った。

「その直後だよ、俺の目の前でフッと消えてしまったんだ、その子供」

真っ昼間、人で賑やかなフードコートでのできごと。

「いや、ありがとうって言われても、俺は何もくれてやってないしね……」

子供とはいえ、相手は目の前で消えてしまうような存在。

寿命でも掠《かす》め取られたのではないか不安だとA君は言う。

しゃべろく

「うひゃあはは、うはははは っ」

新幹線でうとうとしていたら、男たちの笑い声が煩《うるさ》くて起きてしまった。

いつの間にか、前の座席に男が二人座っている。右側が五分刈り、左側が禿頭《とくとう》で、首から上だけが座席の上から飛び出している。二人は向かいあって話をしているようで、五分刈りが〈もそもそ〉と不明瞭な言葉を発するたびに、禿頭が耳障《みみざわ》りな声で笑い転げる。

半端な時間ゆえ、この車両には自分一人しか乗っていない。寝ている人間の前の席にわざわざ来て騒ぐなど、なんという無神経な奴らだ。

席を移動しようと立ち上がって、肝をつぶした。

やけに座高が高いと思ったら、前の席の男どもに体がない。

風船のような頭が二つ、ふらふらと座席の上で揺れている。

その場で凍り付いていると後方のドアが開き、車内販売のワゴンが入ってきた。それと同時に二つの首は網棚にひょいと飛び乗った。

隣の車両へ移動するとき、首筋にチリチリした視線を受けて足がもつれそうになった。

同じ目に

まだ携帯電話がない年代のこと。

出張先で夜中にコンビニを探していたが、どうしても見つからない。ホテルマンから歩いて五分ほどで見つかりますと聞いていたのに、もう十五分は歩いている。

誰かに尋ねたくとも人通りがなく、開いている商店も見かけない。

町内地図の看板を見つけたが、昭和から情報が更新されていないのだろう、手書きのものでいかにも古く、コンビニはおろか、現在地付近にあるはずの時計店もスナックも見つからない。

途方に暮れていると、ぼんやりとした明かりが目に入る。

道を渡ってすぐのところに自販機がある。諦めてコーヒーだけ買って戻ろうと横断歩道に足を踏み込んだ直後、けたたましいクラクションの音が耳を貫き、目の前を黒塗りのワゴンが猛スピードで通過していった。

すんでのところで足を止めたからよかったが、あと数センチではねられていた。

「あっぶねぇな！　田舎ヤンキーが……ったく、信号も守れねぇのかよ」と見ると、信号機がない。

避けた時に道を外れたかと辺りを見るがどこにもなく、さっき渡ろうとした横断歩道までもが消えていた。

狐につままれたようにその場に立ち尽くしていると、歩道側に大きく凹《へこ》んだ傷だらけのガードパイプが目に入る。明らかに車が突っ込んでいる。

その凹んだ箇所の下に供えられた鮮やかな赤色の花が、風もなく揺れていた。

声

職場の上司が自殺して半年ほど経った頃、史人さんが一人で残業していたらフロアのどこかから人の話し声がした。ぼそぼそと電話で話しているような声だが姿は見えず、誰もいるはずがないのもわかっていた。

怖くなって史人さんが帰ろうとしたら「帰るのか？　じゃあおれも帰ろうかな」とはっきり聞こえた。

それは死んだ上司の口癖で、言い方もそっくりだったという。

だが聞こえてきた声は上司の声ではなかった。女の人が声を低く抑えて男のふりをしているような声だったそうだ。

棲み分け

そのスナックはかつて別の店だった時代に経営者が殺される事件が起きた物件だそうだ。

店を閉めた後ママが二階で寝ていると下から物音が聞こえることがある。見にいくと誰もいない。逆に店に客がおらず静かなとき、二階を人が歩くような音が聞こえることがあるが、見にいくとやはり誰もいないという。

「幽霊だと思うけどちゃんと棲み分けてるっていうか、人間がいないほうに移動してくれてるからこっちもなるべく気にしないようにしてるの。あちらも生きてるときは客商売だったわけだし、たぶん互いに阿吽《あうん》の呼吸みたいのがあるのよね」とはママの弁。

店の酒が知らぬ間に減っていることがあるが、大目に見ているとのこと。

古民家の民宿にて

朝子さんは大学時代に、同級生四人と一緒にとある沖縄の離島に遊びに行った。

宿泊したのは古い木造の古民家で、たまたまその夜は朝子さんたち以外に宿泊客はいなかった。

皆で川の字になって寝ている夜中、いきなり物凄い音がして、何者かが五人の布団の上を騒々しく走り去っていった。しかも相手が裸足《はだし》だったという触感もはっきりとわかった。

驚いた朝子さんたちは一斉に起き上がり、電気をつけたが、部屋のドアや窓はしっかりと鍵がかかっている。しかし、今まで閉まっていたはずの押入れのドアが全開で、中にかけた衣類がめちゃくちゃになっていた。

それでも、何か風でも吹いたのか、部屋に閉じ込められていた猫が暴れたのか、具体的なことはわからなかったが、深く追求しないことにして、再び寝床についた。

しばらくすると、押入れから凄い音がして、目を覚ました。すると純白の着物を着た女性らしき人影が数名、勝手に開いた押入れから走って出てくるや、庭に通じるガラスの戸を通り抜けて、消えていった。

目の当たりにした朝子さんたちは悲鳴を上げ、そこから歩いて二分の場所にある民宿の経営者の家まで走って逃げた。すでに十二時を回っていたが、六十過ぎの女将《おかみ》さんが現れて話を聞いてくれた。

「はあー、また出たのかねえ。あんたたち女の子だから大丈夫だとふんだんですがね」

「女の子だったら大丈夫って？」朝子さんが聞いた。

「昔自害して死んだノロさんがおるんです。女の子には手出ししないと思ったけどねえ」

「し、死んだノロさんって何ですか？」

「マジムン（妖怪）ですよ、言ったら悪いけど、そう。普段はおとなしい」

まるで、「この犬は普段はおとなしい」みたいな感じで、女将さんはひょうひょうとそう語った。

あまりにも怖すぎたので、その夜は朝まで浜辺で焚き火をして時間を潰したという。

呪われた墓

関わった者が不幸になる「呪われた墓」。世界的には、エジプトで発見されたツタンカーメン王の墓が有名だ。調査に携わった二十人以上が次々死んだ事で知られるようになった。しかし、ツタンカーメン以外にも「呪われた墓」は存在する。

一九四一年六月、ソビエトの調査団がサマルカンドにある霊廟を訪れた。

彼らの目的は、十四世紀にティムール朝を建国したティムールの棺である。この地に安置されているという噂が本当かどうか確かめにやってきたのだ。

調査団はすぐティムールのものと思われる棺を発見。中には遺体が横たわっており、亡《な》き骸《がら》の真っ赤なひげは、まさしく探し求めていた歴史的指導者の特徴だった。しかし、彼らの興味を惹いたのはティムールの遺体だけではなかった。棺の蓋の裏に「私の墓を開く人は、誰であろうと私よりひどい侵略者に襲われる事になるだろう」と警告めいた言葉が書かれていたのだ。

貴重な記録だったが、調査団の中でその文言を信じる者は一人もいなかった。彼らはれっきとした学者であり、おまけに社会主義国家の一員だったからだ。こうして警告が刻まれた棺は、二日後に空輸でモスクワへ運ばれる事となった。

ところが輸送当日、ソビエトは大激震に見舞われる。不可侵条約を結んでいたはずのナチスドイツが奇襲を仕掛けてきたのである。

「バルバロッサ作戦」と命名されたこの奇襲によって、ソビエト軍はおよそ千二百機の戦闘機を失う大打撃を受けた。ちなみに、バルバロッサとは神聖ローマ皇帝・フリードリヒ一世のあだ名であり「赤ひげ」という意味の単語だった。赤ひげの遺体を掘り起こした直後、まさしく「赤ひげ」を名乗る侵略者によって襲われたのである。

あまりにも奇妙な偶然ではないだろうか。


翌年、ソビエトがティムールの遺体を霊廟へイスラムの作法に則って葬りなおすと、戦況はソ連に好転した。以来、ティムールの亡骸は鉛で封印された棺に納められ、地下深くに埋葬されている。まるで、再び掘り起こされる事を恐れるかのように……。

届け物

浩史さんのアパートの玄関ポストに箱が入っていた。

明らかに投函口よりも大きく、ポストの扉を開けなければ投函はできない。しかし、ポストの鍵はダイヤル式で、暗証番号は部屋の借主が設定する。つまり、浩史さん以外にポストを開けることはできない。

この時点ですでに不審物なのだが、投函されていた箱はガムテープでぐるぐる巻きにされており、空箱のように軽く、振ってもなんの音もしない。送り主の名前もないので気味が悪いことこの上ないが、捨てるのもまた怖い。

開封せず玄関に置いておいたが、当然そのままにもしておけず。しばし熟考し、警察に相談しようとスマホを手に取った次の瞬間、玄関のほうからボンッと破裂音がした。

しばらく様子をうかがってから恐る恐る玄関へ見に行くと、箱が消えている。破片も散らばっておらず、まさに跡形もなかった。

靴脱ぎ場がわずかに濡れており、そこからマンゴーのような甘ったるい匂いがする。

一一〇番にかけて「差出人不明の不審物が破裂した」と伝えると、すぐに警官が来てくれた。その頃には匂いも微かにしか残っておらず、箱の破片は一片も見つからない。

靴脱ぎ場が濡れているのが唯一の証拠だが、それだけではなんとも判断のしようがない。

「友人や住人の間でトラブルはないですか」と問われたので心当たりがないと返すと、もしまた怪しいことがあったらすぐ連絡をするようにと言い残し、警官は帰っていった。

その日は夜半過ぎからずっと、玄関から複数の子供の声が聞こえていた。

件の箱との関係もわからないので、まだ警察には伝えていないそうだ。

新居

引っ越した部屋に入った途端、ペットの小型犬が壁にむかって激しく吠える。

何日経っても吠えるのをやめず、困っていると隣人がインターホンを押してきた。

すぐに「すみません、ウチの子がうるさくて。ちゃんと躾《しつ》けますので」と謝った。

「いいえ、その子は気づいているんです。こちらこそ、すみません。明日、やっと拝み屋がきて解決するので、もうすこしだけ辛抱してください」

翌日からまったく吠えなくなった。

なにかみたわけでもないが、気になって仕方がないそうだ。

あんなもの

小川さんの同僚に森本という男がいる。

ある日の飲み会で、酔った森本がとんでもない事を言いだした。

幼い頃の森本は、公にできない悪癖を持っていた。

拾ってきた猫や犬を箱に詰めて、川に流すのである。まだ目も開いてない仔猫を流したこともあるという。それほど頻繁に捨て猫や犬が見つかることはなかったが、手に入れた時は必ずやった。一時期は、仔猫を産ませる為だけに猫を飼ったりもしたそうだ。

もちろん、今はそんな事はやっていないと森本は笑った。


それから数日後。小川さんは、街中で森本を見かけた。

森本は、奥さんを連れて歩いていた。奥さんは、どうやら妊娠しているらしい。

その大きくなった腹の周りに、犬や猫がふわふわとまとわりついている。

それは、かなりの数であった。その中には、犬や猫ではないものも混ざっていた。

小川さんは遠くから見送りながら、ぼそっと呟いた。

あんなものまで流したのか。だとしたら、まともな子どもは産まれないだろうな。

離婚届

　ある夜、Hさんと奥さんは、離婚するかしないかの重大な話し合いをしていた。

「もうウンザリだ。お前は自分の考えが絶対的に正しいと言い張る。俺はそうは思えない」

「わたしも身勝手な男性にはウンザリです。出て行って好きなことでも何でもすれば」

「お前のさあ、自分が一番かわいそうだとか、全世界を呪い殺したいとか、そんな言葉を毎日毎日聞かされる身にもなってみろ」

「じゃあどうしてわたしのことを理解してくれないの。あなたはどうしようもないクズなの？　どうしてわたしの心が理解できないの？」

「そうじゃない。お前のネガティブさに付き合ってたら、俺までおかしくなっちまうんだよ。そしたら家賃とか食費とか誰が払うんだよ」

「もういい！　ロクデナシは出て行って！」

　その瞬間のことだった。テーブルの上で黄金のコインがきらめくような、一瞬の光のゆらぎが起こった。その中からか細い子どもの腕がにゅっと現れて、テーブルの上に広げてあった離婚届を、クシャクシャにまるめてからひゅっと消えた。

　奇しくもその日は不慮の事故で亡くなった四歳の娘の命日だった。

濡れている

テレビを見ながらうつらうつらしていると、ザアッと降りだした。

叩きつけるような雨風がベランダに吹き込んで窓を震わせている。慌てて干してある洗濯ものを取り込むが、明日の外出に着ていきたかった服がびしょびしょになってしまった。

軽く絞ってバスルームにかけておくが、しばらくするとポッタポッタと聞こえてくる。

見にいくと、かけてある服の下に大きな水溜まりができている。

今度はよく絞って、かけておく。

ポッタポッタ。ポッタポッタ。

いつまで経っても水の滴る音が鳴りやまない。

夕食時にもポッタポッタ。ゲームをしていてもポッタポッタ。

就寝時になっても鳴りやまず。

枕元でもポッタポッタと聞こえている。

雨音

夜中に帰宅し、玄関のドアを閉めた直後、どしゃぶりの雨音が聞こえてきた。

油の爆《は》ぜるような音だ。

どんなに降っているのかとドアを開けたら、目の前に見知らぬ女がいたのですぐに閉めた。

雨は降っていなかった。

置き傘

小学生の頃、弓香さんは学校の傘立てに〈置き傘〉をしていたという。ある日の帰りに雨が降りだしたので傘立てを見たが、弓香さんの傘は見当たらなかった。盗まれたのかと思って気落ちしていると「これあなたの傘？」そう声をかけられた。

見れば上級生らしい女の子が見覚えのある赤い傘を手に提げている。お礼を言って傘を受け取るとその子は「スピードが出てると逃げられないもんね」と言って微笑んだ。何のことかわからずきょとんとしている弓香さんを置いて、その子はどこかへ行ってしまった。

帰り道、家の近くの狭い道を猛スピードで飛ばしていくトラックに引っかけられ、弓香さんの傘は路上を転がされてしまった。あわてて追いかけて拾い上げると骨がひどく歪んでしまっていて結局元にもどらず、それきり傘は捨ててしまった。

不気味な予言めいた言葉を残した上級生の姿は、あの日以来一度も見かけることがなかったという。

私の話で良いですか　その一

これは噂ではない。

私（鈴木呂亜）の体験で、心霊的な要素も超常的な要素も無いのだが、個人的には非常に恐ろしく感じている出来事だ。今回は掌編を依頼されたので「第三者にとっても、この話は恐ろしいのかどうか」を確認する好機と思い、紹介してみたいと思う。

ここ十年来、知人の男性から毎年きちんと年賀状が届く。

私は噂の蒐集《しゅうしゅう》以外にもちょっとした趣味を持っているのだが、男性はそんな趣味の仲間から紹介された知人の知人であり、つまりそれほど親しくない人物である。これまで会ったのも二回、まともに話したのは一度きりだ。

彼から届く年賀状のデザインは、十年前からほぼ変わらない。全面に赤ん坊の写真がプリントされており、右下に「生まれました！」との手書きの一文が添えられている。アングルに若干の変化があるほかは、ずっと同じ乳児の写真が使われている。

成長しないのだ。

昨年、彼を紹介してくれた仲間と邂逅《かいこう》を果たしたので、年賀状の謎を解く良い機会と思い「あれはどういう事だろう」と訊ねた。ところがどうも話が噛み合わない。さらに聞いてみると、年賀状の送り主である男性は「未婚の独身者」だと判明した。

つまり、成長しない赤ん坊は彼の子供ではないのである。

おまけに、その仲間のもとに届いているのは干支《えと》が描かれた普通の年賀状だという。なぜ、私にだけ奇妙な年賀状を送ってくるのか。あの赤ん坊は何者なのか。もし他人の子供だとすれば、どうして何枚も写真を持っているのか。理由はいっさい分からない。

今年もちゃんと年賀状は届いた。

あいかわらず赤ん坊は、にこにこ笑っていた。

私の話で良いですか　その二

続いても私（鈴木）の話だ。個人的には幽霊に会うよりも（遭遇した経験はないが）ゾッとする体験だったが、他の人にとっても怖いものかどうかは分からない。

知人に双子の男性がいた。兄（私はこちらと最初に知り合った）は都内の企業に勤務する人物で、仲間内では冗談ひとつ通じない堅物すぎる男として有名だった。

ある時、その彼から「弟が東京に来るので案内してやって貰えないか」とあいかわらず真面目な表情で頼まれた。指定された日は特に用も無かったので快諾し、弟氏とやらと待ち合わせる事にした。すると当日やって来たのは、兄と顔こそ瓜ふたつだが身なりも言葉遣いもまるで違う軽薄なタイプの男だった。物怖《ものお》じしない性格なのか弟は会うなり色々と話しかけてきて、しまいには「俺、兄貴に殺意を抱くんです」と聞いてもいない不満を語りだした。同意も批判もせず聞き流していたが、言葉の端々に本気を窺わせるものがあり「いつか最悪の事態が起きてもおかしくないな」と思った。

その後も兄とは（仕事上の付き合いもあったので）頻繁に会い、軽薄な弟とは、彼が上京した際に何度か遊んだ。やがて兄とは彼の転勤によって疎遠となった。しばらくは書簡を往復していたがいつの間にか途絶え、弟もぷっつり連絡を寄こさなくなった。

すっかり忘れた頃、偶然に兄を知っている人とたまたま面識を持った。

ところがその人から「あいつは一人っ子のはずだよ」と言われ、私は非常に驚いた。何でも「中学からの仲だが、双子どころか彼に兄弟は誰もいない」と言うのである。

その時初めて、私は彼ら二人と同時に会った事がないのに気が付いた。

いつでも、兄弟どちらか片方だけとしか顔を合わせていなかった。

「一人二役を演じた手の込んだ悪戯《いたずら》」と考えるのが妥当なのだろうが、生真面目な彼がそんな事をするとは思えず、理由についてもまるで思い当たらなかった。


その後、私は兄から届いた手紙を引っ張り出して住所を調べ「君を知る人に会った。弟の話も聞いた」とだけ葉書に記して投函した。返事はなかったが、数日後に送り主の書かれていない小包が届いた。消印は双子の兄が転勤した地方のものだった。

開封してみると、中には使用済み歯ブラシが十数本入っていた。

それだけの事で、あとはもう何も分からない。

私の話で良いですか　その三

私（鈴木）の知人女性から聞いた話。前の二話と同じく、個人的には非常に怖気《おぞけ》立つ部類の話だが、世間一般の感覚ではどうなのだろう。

彼女は社交的な人物で、十年以上も定期的にホームパーティーを催している。職場の同僚から夫の友人、演奏仲間（アマチュア交響楽団に在籍している）などを呼び集め、自宅でボジョレー・ヌーボーを飲んだりジビエを食べたりするらしい。

パーティーの最後には必ず集合写真を撮るのだが、現像されてきた（最近はデジカメなので自宅でプリントアウトするそうだ）写真を見て、夫妻はいつも首をひねる。

知らない女が左脇に立っているのだ。

彼女の顔見知りでも夫の友人でもなく、参加者の誰も知らない女なのである。

女はいつもベージュのワンピース姿で、肩まで伸びた髪へ手を添えて微笑んでいる。目線は決まってカメラからずれており、天井あたりを見つめた格好になっている。

これがパーティーで見かけなかった人物ならば「幽霊だ」と怪談になるのだろうが、そうではない。彼女も夫も友人たちもその女を視認している。それどころか、毎回声をかけ、会話を交わし、笑い合っている。クラッカーを勧め、ワインを注いでいる。

なぜかパーティーの最中は女の存在を誰も疑問に感じない。宴が終わって写真を見た瞬間「そういえばこの人」と思い出すらしい。

疑問はまだある。いつから集合写真を撮る事にしたのかも誰が最初に提案したのかも分からないのだ。「あの女の発案だったような気がする」と知人は言った。

今年の夏は趣向を変え、避暑地のバンガローでパーティーをおこなう計画だという。

あの女は、いつものようにやって来るのだろうか。

顔が浮かぶ

〈俺ん部屋、事故物件なんだけど朝方になると顔(*_*)が浮かぶんだよね〉
〈ホント？　どんな顔？〉
〈女の顔。髪も躰もないからお面みたいな。見にくる？〉
〈マジかよ。いくいく。一度、幽霊見たかったんだよね！〉
〈お前まだ寝てたし、オレ仕事だったから先帰った。別に顔なんかなかったぞ〉
〈じゃあ夢だったんだ。でも良かった、夢で。安心した。サンキュな(^^)〉
〈でも、朝方、ぼーっとした光が寝ているお前のうえ、ぐるぐる回ってたぞ〉

赤い看板

美砂さんが小学生の頃、家の近所に駄菓子屋があった。赤い看板の目立つ店で優しいお婆さんがやっていたが、お婆さんが体調を崩すと休みが続きそのまま再開されることなく、看板も変わりまったく別な店になってしまった。

噂ではお婆さんは亡くなったという話だった。

高校生のとき、美砂さんは修学旅行の自由行動の時間にその駄菓子屋とそっくりな店を見つけた。赤い看板や店の名前、それに中を覗くと菓子の配置などもそのままに思える。だがここは四国だし、美砂さんの家があるのは神奈川である。わけがわからずしばらく店内を見廻していたが、店の人はいくら呼んでも姿を見せなかった。

だが旅行から帰ってからこの話をすると、一緒に店に入った友達は「駄菓子屋じゃなくて普通の商店だった」「店の人はいたけど隅のほうに立ってて返事もしないし気味が悪かった」と微妙に話が食い違う。その子いわく「壁に赤鬼の絵が貼ってあった」そうだが、美砂さんはまるで記憶にないそうだ。

見えてはいない

F氏はその日、繁華街をうろついていた。
特に用事があったわけではないが、軽く一杯ひっかけたかった。
馴染みの小料理屋は混雑しており、うるさそうだったので通り過ぎる。
どこか良さげな店は無いか探すと、一軒の立ち飲み屋が目に入った。
通りから見た感じ雰囲気は悪くなさそうだ。
暖簾《のれん》をくぐると、五十代とみられる店主が無言で会釈をよこす。

注文した酒を舐め始めるとすぐ、妙な気がした。
カウンターを挟んで店主とF氏の二人だけなのに、どこか落ち着かない。
なんだか騒がしいような気配がある。
うるさく音楽がかかっているわけでも、誰かが喋っているわけでもない。
店の中は静まり返っており、わずかに外の喧騒が聞こえてくるばかり。
それとなく店主の様子を窺うが、黙ってグラスを磨いているだけ。
しかしどうもソワソワする。

まるで周りに見えない客が何人も居て、冷やかされてでもいるかのよう。

自分とは相性の悪い店なのかも知れない、F氏はそんなことを思った。


二杯目は注文せず、勘定を頼んだ。

金を支払い帰り際、それまで無言だった店主が、

「お客さん、見える人?」と訊いてくる。

見える? 何が?

質問の意味が分からず返答をためらうF氏だったが、その時——

「カウンターから、ものすごい視線を感じたんだよ、複数人に睨《にら》まれているような……」

もちろん、店内には店主を除いて人は居ない。

F氏は首を振ると、質問には答えずに黙って外に出た。

以来、その立ち飲み屋に入ったことはない。

「店はまだあるよ、外から見る限り結構繁盛しているようだ」

お地蔵様

あるスナックの裏側に、コンクリート製の小さなお地蔵様がある。いつ、誰が置いたのか、詳しいことは分からない。Bさんはよく、酔っ払った客がその前で嘔吐《おうと》している光景を見たことがあった。どうやらこの場所に導かれているのか、もしくはここが嘔吐するのに何らかの都合のいい場所のように思えたが、なぜそうなるのかはわからなかった。

ある日、近くのスナックで飲んだ帰り、一人でタクシーを待っていると急に気分が悪くなってきた。

「うぐぐぐ、吐きそうだ」

思わず夜道に座り込んでしまったが、やがて背後から誰かに背中をポンポンとされて立ち上がり、どこかへ連れて行かれた。

気がつくとくだんのスナック裏である。お地蔵様の赤いチャンチャンコがいつもよりギラギラして見えた。Bさんはそこに思いっきり吐いてしまった。

後ろを見ると、見たことのない虚無僧《こむそう》が一人、立っていた。

虚無僧は驚いているBさんを置いて、スタスタと立ち去ってしまった。

まるで周囲からは見えていないようだったという。

鬼

Sさんは一度、京都の洛西《らくさい》で鬼を見たという。
鬼は竹林の中で、じっとこちらを見つめ返していた。
心の中で「あなたは誰なんですか」と聞いた。
すると鬼はSさんに心の中で答えた。
なんだ、覚えていないのか。

鬼とはそれっきりだという。

開店前

S氏は一時期、毎朝パチンコ屋に並んでいたことがある。

「就職活動に失敗して大学卒業と同時に無職になったんだ。仕事がないもんで、小遣い稼ごうと思ってね、当時はまだそれなりに勝てた時代だったから」

失意とともに地元に帰郷し、親元に身を寄せながらのパチンコ通い。

少しでも勝率を上げるため、良台に座るべく早起きしていた。

「俺以外にも朝イチで並んでいる奴らは結構いたよ、暇な年寄りが多かったな」

やがて、そんな年寄りの何人かと顔見知りになり、彼らと雑談をしながら開店を待つのが楽しみになっていたと彼は言う。

「爺さんも婆さんもロクでもない奴らばっかりだったけれど、だからこそ劣等感を刺激されることも無くて、心地よかったんだ」

ある日の早朝、いつものパチンコ屋にやってきたS氏は、既に並んでいた顔なじみと話しながら店の開店を待っていた。

「Tっていう爺さん、十五分ぐらいは二人で話していたと思う」

そうこうしているうちに別な老人がやって来ると、だしぬけに妙なことを言う。

「Tさんが昨日救急車で運ばれたってよってて言うんで、はぁ？　と」

いやいや、Tさんはここに――

見れば、さっきまで話をしていたTさんがいない。

「最初は冗談かと思ったんだけれどね、それ以来Tさんを見かけることはなかったよ」

一緒にパチンコ屋に並んでいただけの関係であったため、Tさんがどうなったのか、死んだのか生きていたのか、詳細はわからないとのこと。

飛び降り

月島さんは旅先で堤防釣りをしている人たちを見かけた。

置き竿でアタリ待ちしながら一服つけている人がいるので、「何が釣れるんですか?」と話しかけた。

「あー、この時間はね――」

ドボン。

釣り人の後ろで大きな水柱が立った。

「ああー!　大変!　大変!」

月島さんは大声を上げた。女の人が海に落ちたのを目撃したからである。

「人でしたよ!　いま人が落ちてきて……飛び降りかな、きっと飛び降りですよ!」

パニック状態の月島さんを見て、釣り人はきょとんとしている。たった今、上から人が海に飛びこんだと説明しても、ピンときていない顔をされた。

他の釣り人たちに「見ましたよね?」と訊ねてまわるが、目撃者は一人もない。

「飛び降りたっていうけどさ、どっから落ちてくんのよ?」

いわれて初めて、ここには橋も崖もないことに気づいた。

なら、あの女性はどこから落ちてきたというのか。

「魚が跳ねたのを見間違えたんじゃないの」

笑う釣り人たち。あんなに大きな音がしたのに、あんなに高く水柱が立ったのに、落ちてきた女の人を誰も見ていないなんて、そんなことがあるだろうか。

女性が飛び込んだあたりの海面は白い泡を浮かせ、穏やかでない小波をたたせていた。

するする

タクシー運転手の藤堂さんから聞いた話。

昨年、台風が連続して日本列島に上陸していた頃のことである。

藤堂さんは、とある総合病院に常駐している。

その日は、昼過ぎから風が強くなるとの予報が出ていた。

他のタクシーが引き揚げていく中、藤堂さんはギリギリまで営業を続けろとの指示を受けていた。

風雨は激しさを増し、目の前で大きな木が根元から倒れた。

ようやく会社から指示が入り、藤堂さんは急いで離脱しようとした。

その時である。いつ出てきたのか、病院の玄関先に老婆が立っていた。

灰色っぽい寝間着、身一つの手ぶらで藤堂さんの車を手招いている。車を寄せようとした藤堂さんは、己の目を疑った。

激しい風をもろともせず、老婆がするすると滑らかに近づいてきたのだ。

これは関わってはならない存在だ。そう判断した藤堂さんは、急発進してその場を逃れた。

老婆は二十メートルほどついてきたが、諦めたのか引き返していった。

お団子

朝倉さんが中学生の頃、及川さんという女性が転校してきた。

整った顔立ちと長い黒髪は男女を問わず、たちまち学内の憧れとなった。

皆が何とかして仲良くなろうとする中、朝倉さんの友人である門田さんだけは違った。

近づくどころか、視野に入れようともしない。徹底した態度を貫いていた。

朝倉さんがその理由を訊くと、門田さんは心の底から嫌そうな顔で答えた。

「あいつ、お団子《だんご》頭だから」

「何言ってんの。及川さん、ストレートの長髪だよ」

門田さんはしばらく黙り込んでいたが、改めて口を開いた。

及川さんの頭の上に、女の子の生首がくっついてる。凄い目つきで及川さんを睨みつけてる。それも一つではない。全部で三つ、積み上がっている。

「だからお団子。あんたらには見えないから、気にしなくていいよ」

門田さん以外でも、及川さんに近づこうとしない生徒が数人いた。

皆、申し合わせたように、及川さんをお団子と呼んでいたという。

注意事項

今は廃墟になった遊園地で警備員をしていた男性が、初日にこんな用紙をもらった。

「注意事項」
閉園後は次のことに注意すること。
・懐中電灯をなくさないこと。
・ミラーハウスは周囲だけを確かめて早めにその場を離れること。
・お化け屋敷の灯りが点いていても入らないこと。（ブレーカーは落としています）
・メリーゴーランドに集まっている子どもに声をかけないこと。
・ジェットコースターのレールの上からナニか落ちてきても気にしないこと。

追加　観覧車の前のトイレは深夜、絶対に何があっても使用禁止。

陶器の猫

竣三さんの妹が高校生のとき外国人女性に道を訊かれ、丁寧に案内してあげると女性はお礼にと言って小さな陶器の猫をくれたという。あまり可愛い猫ではなかったが、せっかくなので自室の本棚に飾っておいたらいつのまにか紛失してしまった。

とくに気にすることもなく数年が経った。大学生になった妹は、友人と旅行に出かけた東北の某町で外国人女性に道を訊かれた。不案内な土地なのでよくわからず「ごめんなさい、ちょっとわからないです」と謝ると、女性は「今日ハ親切ニシテクレナインデスネ」と吐き捨てるように言って去っていった。

呆然と見ていると女性は一度振り返って何かを投げつけてきたが、道に落ちたそれを拾い上げると以前紛失した陶器の猫だったという。

だがそのときの外国人女性は、かつてその猫をくれた女性とは「年齢も顔も体型も完全に別人」だったとのことである。

初盆

　M君が小学五年生の夏休み、祖父の初盆があった。

　両親と一緒に何日か泊まる予定で田舎に出向いていた彼は、大人たちが法事を行っているのを尻目に、歳の近い従兄妹《いとこ》たちと遊び回っていた。

「川で泳いで、原っぱを走り回って、夜には花火もしたな、都会暮らしだったからそういう遊びが楽しくて仕方なかった」

　六十代で亡くなった祖父とは、数年に一度会うかどうかという関係だったため、特別な思い出などなく、法事云々《うんぬん》に関しては殆ど無関心だったと彼は言う。

「一緒に暮らしてた従兄妹たちにとっては『お祖父《じい》ちゃん』だったんだろうけれど、俺は外孫だったから、親父の親父だって聞いてもピンと来ないところがあった」

　そんなM君とは対照的に、祖父に可愛がられていたという従兄妹の一人は、盆の期間中、妙なことを言い続けていたという。

「遊んでいると『あ、祖父ちゃんがいる！』とかってね、誰もいない場所を指差してみたり、皆で食事をしている最中に『祖父ちゃんのご飯は？』なんて、祖父が食卓に着いてでもいるかのように振る舞ったり」

従妹は小学校に上がる前で幼かったため、そんな発言の数々も幼児の戯言《ざれごと》として一笑に付されていた。

「『お盆だから帰って来てるんだろう』『○○に会いに来たんだよ』みたいな感じで、大人たちは冗談めかして反応してたんだけどさ……」

盆の終わり、日暮れ時に送り火を焚いている最中、幼い従妹はパタリと倒れた。

急な心不全による突然死だった。

「その後は、何とも言えない雰囲気になったのを覚えてる。伯父さんが逆上して祖父さんの遺影を叩き割ったりとかね……色々あった」

つい前日までの従妹の発言は、その死後において妙なリアリティを持った。

彼の伯父は、自分の子供が父親に連れて行かれたのだと考えたようだった。

「そんなことが事実あるのかどうか別として、あの場では結構みんなそう感じていたんじゃないかな、俺も実際に怖かったしね」

亡くなった従妹の遺骨は、祖父の入った一族代々の墓とは別の、新しく作られた墓に納められたそうだ。

デニムジャケット

亡くなった祖父を見たことがあるという。

その日は息子の六歳の誕生日で、姉の家で誕生会を開いてもらった。

時間も遅いので泊っていくことになり、先に息子を寝かせようと寝室へ連れていくと、暗い部屋の中で祖父が佇《たたず》んでいる。

ぎょっとして電気をつけると、幽かにだがまだそこにいる。

姉を呼んでそれを見せると「きもちわるっ」と一度は逃げたが、そろりそろりと戻ってきて、「幽霊っぽくないな」と笑う。

確かに厚みがなく、サイズも変だった。

祖父は背が高かったが、目の前にいる祖父は少し縮小されている。

また、なぜかデニムジャケットを着ており、これがとにかく似合わない。

これまで一度も着ているのを見たことがなかったのに、どうしてこの服なんだろうと不思議だった。

片付けをしている妻も呼んで、みんなで祖父に話しかけた。写真に語り掛けているようで反応はない。

六歳になる息子がとことこと祖父のそばに行き、デニムジャケットを指さしたかと思うと大笑いしだした。

するとそれまで動かなかった祖父が腕を伸ばし、息子の腕を掴む動作をして消えた。

翌日、息子は水の枯れた側溝に足を取られて転倒し、右手首を骨折した。

祖父が掴んだ方の腕だった。

天井の女

去年のこと。今川さんは、親戚の葬儀に出席した。

亡くなったのは今川さんの祖母である。享年九十二歳の大往生であった。

告別式を終え、火葬場に向かう。この地域一帯を引き受ける大きな火葬場である。

炉がある部屋の扉が開いた途端、誰かが溜息をついた。周りにいる人たちではない。

もっと上、天井近くから聞こえた。広い天井の四隅に間接照明の器具が設置されている。

その内のひとつに、溜息の主がいた。髪の長い裸の女である。

長い髪の一方を照明器具に結びつけ、だらりと垂れ下がり、時折ゆらゆらと揺れている。

この世のものではない事は明らかだ。今川さんは目を逸らし、葬儀に集中した。

全ての段取りを終えた祖母の棺が炉に入れられ、点火スイッチが押された。

その途端、天井の女は心から楽しそうに笑った。

隣の御札

出かけるとき、隣人が玄関前で脚立《きゃたつ》にのり「良し！」と地面におりるのがみえた。目があったので「どうかされたんですか？」と尋ねてみる。

「いえいいえ。最近、変な子どもみたいな幻覚がみえるんで。御札《おふだ》を貼ったんです」

みると確かに、黄色の御札が表札のうえに貼られていた。

「まあ、こころの持ちようですが、念のため」

隣人は肩をすくめながら笑い、家に入っていった。

その夜、帰宅すると子どもが自宅の玄関前に立っている。

「ボク、どこの子かな？　お家はどこ？」

「あたらしいお家、ここ」

誤

利き腕と反対の手を使い〈憎い相手の名前〉をノートに九十九回、ひと晩で書く。

すると、相手は死ぬ——。


いっとき、同級生たちのあいだで囁《ささや》かれた愚《ぐ》にもつかない噂。

彼女はそれを、ある日の夜中に試した。

親友と浮気したあげく自分を捨てた男。

その名を、頭のなかで数を勘定しながら一心不乱に書いた。

左手で、蚯蚓《みみず》がのたくったような文字を懸命に書き続けた。

三時間ほどかけ、ようやく九十九回目の記名を終える。じっと待ったものの、左腕が筋肉痛になっている以外はなんの変化もなかった。表からは、牛乳配達らしきバイクの音が聞こえていた。

なんだかとても虚しくなって、ベッドに飛びこむ。

両親に聞こえぬよう声を殺して泣きながら、眠った。

翌朝、彼女は激痛で目をさました。

左腕がでたらめに折れ曲がり、ほぐしたクリップのような形になっている。

赤紫に腫れあがった腕をかばいながら病院へ駆けこむと、医師からは「数十箇所が骨折しており、おまけにチーズをむしったように筋繊維が裂けています」と告げられた。

退院してからノートを見返すと、憎き男の名前は九十八回しか書かれていなかった。

「数を誤ると、逆効果だったみたいです」

いまでも後遺症の残る左腕をさすりながら、彼女は寂しそうに微笑んだ。

保健室にて

N君が中学一年生だった頃、夏休み中の話。

当時、バレーボール部に所属していた彼は練習漬けの日々を送っていた。

夏休みだというのに休みの日など殆どなく、ほとほと嫌気がさしていたそうだ。

「嫌だ嫌だと思いながら練習に参加していたせいか、体調も崩しがちでね、その日は午後の練習が始まった途端にめまいがしてきちゃった」

保健室に運び込まれ、落ち着くまでベッドで横になっているように指示された彼は、風がよく通る涼しい部屋で一人横になっていた。

やがて、ぼんやりとした意識の中でそれに気付いた。

「『大丈夫？ 大丈夫？』っていう声、女の子の」

聞き覚えの無い声、誰だろうと顔を向けると、ベッドを仕切っているカーテンから老婆が顔だけ出してN君を見ていた、その口からこぼれる「大丈夫？」の声。

「うおッ！ って思って、ベッドから転がり落ちた。だって知らない婆さんが女の子みたいな声で話しかけてくるんだもん」

慌てて体勢を立て直し、恐る恐る老婆が居た方を確認したが、既にその姿は無かった。

「気味悪くなっちゃって」

心細くなり、フラつく体で体育館に戻ると、練習に合流した。

冷静に考えてみれば夢だったようにも思え、老婆に関しては誰にも話さずにいた。

「顧問が厳しい先生だったから下手なこと言えないんだよ。現実的には婆さんなんかよりもずっと怖かったもんで。それでまぁ、そのうち忘れたっていうか、練習がキツすぎてそんなことどうでも良くなった。その後は卒業まで出くわすことも無かったしね、婆さん」

後年、彼の中学校は生徒数の減少に伴い閉校することとなった。

「校舎取り壊しの前にセレモニーがあって、色んな世代の卒業生が参加したんだ」

その際に、大分年かさの先輩から、保健室に出る婆さんの話を聞いた。

「どうもある時期まで結構有名だったらしい。学校の七不思議みたいな感じで扱われていて、一時は生徒会の議題にも上ったとかで、その先輩の世代には忘れられない思い出になってるって話で……ということは、どういうことなんだろうなぁ、幽霊とか？　妖怪？」

今から二十数年前のできごとだという。

悪い霊じゃない

霊が視えるという女性に「憑かれてるよ」といわれて怖くなった。

「悪い霊じゃないから放っておいても大丈夫よ。でも、気になるなら祓おうか？」

気味が悪いので、やってもらうことにした。

読経しながら背中をさすられ、せい！　やあ！　とお祓いが終わる。

「物分かりもよくて、すぐに離れてくれた。たまたまアナタについてきたんだね」

そういって得意げに笑っていた女性はその夜、部屋で首を吊って死んだ。

するすみの

眠りから覚めたとき、部屋は尋常でなく真っ暗だった。

パチパチと瞬《まばた》きを繰り返しても視界に広がるのは墨《すみ》を溶いたかのような闇ばかり。

あやめもわからぬ暗闇に、顔に近づけた手指さえ視認できない。

寝ている間に、脳か目がどうにかなってしまったのだろうか。

不安からもがいていると照明のヒモに手が触れたので、つかんで引いた。

すると、黒い靄《もや》を通して蛍光灯の明かりが透けて見える。

失明したわけではないとわかった瞬間、漆黒《しっこく》の雨雲に似た何かがゆるゆると顔から離れ、少し開けてあった窓から網戸をすり抜けて外へ出ていった。

「そいつの動きはゆっくりしてて、海の中に吐かれたイカ墨みたいな感じでした」

その黒い雲が何なのか、何故自分の顔面に張り付いていたのかは皆目検討もつかない。

とりあえず、今後は窓を開けたまま寝るのはよそうと思ったという。

ゆきの手痕

高田さんの実家近くの神社には〈ゆきの手痕〉と呼ばれるものがある。
昔、親に連れられて鳥居をくぐろうとしたゆきが何かの拍子で柱に手を付いた。
〈あちゅい〉と、ゆきが叫んだので見ると石柱に紅葉のような手痕が深く残っていた。
親は畏《おそ》れて参拝せず、そのまま連れ帰ったという。
ゆきは高田さんの祖母である。

本棚の陰から

幸恵さんは二度とその図書館には行けない。

一度、窓際の席に座って本を読んでいると、アンモニア臭い浮浪者がやってきて、幸恵さんの顔をまじまじと覗き込んだ。

「なんだ、お前か。お前か。お前かあ」

よく見るとその浮浪者は半透明で向こうが透けている。

手元にあった化粧水の携帯ボトルを取り出して、シュッとスプレーすると、男性は嫌がった表情を見せてから、消えた。

「実はその近くの会社に勤めていた時、路上にいつもいた男性だったんです。いつのまにか姿を見なくなったので——それで亡くなっていたのだと知りました」

それからも行くたびに現れたが、何度もスプレーをかけたおかげか、浮浪者は遠巻きにして本棚の陰から幸恵さんを覗き見るようになった。

しかし本に集中できないという理由で、幸恵さんは二度とその図書館には行っていないという。

蝋燭

忠昭さんの自宅近所に、里山の自然と地形を活かしてつくられた公園があった。その公園内の湧水の横を忠昭さんが夕方の散歩中に通りかかると、水遊びしていた子供の一人が突然大声を上げたという。何事かと顔を向けると、裸足《はだし》で水に入っていたその子は一本の火のついた蝋燭《ろうそく》を手にしていた。

「水の中で燃えてたんだよ！」そう叫んで興奮気味に仲間たちに見せている。

「嘘つくなって、おまえどっかに隠してて今火つけたんだろ？」「嘘じゃないってば！」「ほんとだよ、おれもカズちゃんが水から拾うところ見たもん」「おまえも嘘つきかよ！」

そう言い争っているうちにやがて蝋燭を持っていた子が突然「熱い！」と叫んでそれを手放してしまった。すると蝋燭は落ちる途中に掻き消えてしまい、子供たちはみんな悲鳴のような声を上げてしゃがみ込むと足元の泉を手さぐりし始めた。

だが足首の深さほどしかない澄んだ水の中に、蝋燭はどこにも見当たらなかったそうだ。

壺

　伸夫さんが休日に家でゴロゴロしていたら、小学生の娘が「家の前に変な人がいる」と言い出した。頭に壺のようなものをかぶった女の人が、玄関前の路地をうろついているというのだ。

「壺？　帽子じゃないの？」そう言いながら伸夫さんが玄関を開けてみると、たしかに壺にしか見えないものをかぶった女がいた。

　頭部をすっぽりと覆う白い壺で、目の見える穴はあいていないようだ。女は両腕をのばして手さぐりで歩いていて、伸夫さんの家の門扉にしがみつくとこちらに顔を向けた。

　どう反応していいかわからず伸夫さんが固まっていると、女はジェスチャーで「ごめんなさい、放っておいて下さい」と示したのち煙のように消えてしまった。

　驚いて路地に出ると、女のかぶっていた壺によく似た陶器の破片がいくつか散らばっているのが見つかったが、いつから落ちていたものか判然としなかったそうだ。

立ち上がる

Bさんは台風が過ぎ去った後、京都の桂川沿いの自転車道路をランニングしていた。

川べりの雑草などが押し倒されていたが、その中に溺死した女性を見つけたという。

そのまま警察に電話をすると、すぐに女性の遺体は回収されていった。

警察の話によると、台風の夜に嵐山あたりで川に転落してしまった女性だったらしい。

ところがそれからも、自転車道路をランニングしていると、女性の遺体を何度も見かけるようになった。

この前見た時は、半分立ち上がりかけていたという。

現在Bさんは別のルートを通っている。

宣

「パパ、あしたはパチンコ屋さんになるんだよ！」

公園からの帰り道、四歳になる娘が嬉しそうに言った。

「え、パパはパチンコなんかしないよ」

主旨がいまいち理解できぬまま答えると、娘は不満をあらわに「ちがうの、おうちがあした、パチンコ屋さんになるんだよ」と反論した。

「でも、パパのお仕事はパチンコ屋さんじゃなくてカメラマンじゃん」

「だから、おうちがパチンコ屋さんになるの！　おめでとうになるの！」

自宅に着くまでのあいだに何度か訊ねたものの、やはり話が噛み合わない。普段からエキセントリックな言動の多い子だが、今回の発言はとりわけ意味が解らなかった。

子供というのは妙なことを口にするものだ——と微笑《ほほえ》ましく思い、すぐに忘れた。


翌朝、同居中の義母が急死した。

自宅の外塀にずらりと並ぶ花輪を見た瞬間、娘が「パチンコ屋さんになる」と言った意味を、彼はようやく悟ったという。

埋葬

K氏が山間の新居に引っ越して間もない頃の話。

その日は町内の一斉清掃があり、日曜の早朝からご近所さんが集まって、草刈りやドブ浚《さら》いに勤しんでいた。

長靴を履き、スコップを持参したK氏は側溝に溜まった泥を掻きだす係。

「けっこう大変なんだよね、汗ダラダラで作業してた」

もくもくと作業をこなす彼だったが、あるものを見つけて手をとめた。

「側溝の中で、泥に埋もれるようにしてタヌキが死んでいたんだよ」

あるいは車にでも跳ね飛ばされたのか、かすかに腐臭を漂わせるそれをスコップですくい道路に横たえると、さてどうしたものかと悩んだ。

「他のゴミと一緒にしちゃうのもどうかと思ったし、かといってその辺の草むらに放置するのも如何《いかが》なものかって思うでしょ？」

首を捻《ひね》っていると、彼の周囲に何人か集まってきた。

引っ越して来たばかりとはいえ、見知らぬ顔ばかり。

みんな口々に、可哀そうだ可哀そうだと言い、中には涙ぐんでいる人もいる。

「そんで、近所に神社があるからその境内に埋めるように指示されて」

スコップに屍骸を乗せ、歩いて五分程の神社に向かうと、境内の端に穴を掘った。

しかし、集まった人達はついて来るだけで手伝わず、運んだのも穴を掘ったのもＫ氏。

「まぁ新参者だったから文句も言わずにやったけどね、そしたら——」

タヌキを埋めた後で地面を慣らしていると、町内会長がやってきてＫ氏を咎めた。

勝手に神社の土地を掘り返してもらっては困る、とのこと。

Ｋ氏は経緯を説明し、屍骸を神社に埋めるよう指示を受けたのだと会長に説明した。

「そしたら会長が『誰に？』っていうから、いやそこの人達にって」

作業を見守っていたはずの数人を振り返ったが、境内にはＫ氏の他に誰もいなかった。

会長は、他の参加者から、Ｋ氏がブツブツ独り言を言いながら神社に向かったという報告を受けて後を追ってきたのだという。

「『まだ朝だしなぁ、タヌキに化かされたんだろう』って、神社に穴掘ったことは不問にしてくれたけどね。田舎って色々あるんだなあと思わされたできごとだったよ」

余計

深夜、ふと目を覚ますと、なにかに髪を梳《す》かれている。

待ち伏せ

見た目は二十歳前後の若い男性だった。

潰れたパン屋の破れた庇《ひさし》テントの下、シャッターに背中をぴったり付けて陰に身を潜めている。ドラマで見る尾行中の刑事か探偵のようである。友達を驚かせようと待ち伏せているのだろう。

営業回りの休憩中だった金子さんは退屈しのぎに結末を見届けるつもりだったが、五分、十分と経っても待ち伏せ相手が一向に現れない。

これは恥ずかしいパターンだな、と苦笑いすると、男性の動きに変化が現れた。

獲物を狙うカマキリのように、一気に飛び出さんとゆっくり身構えだしたのだ。

向こうから同じ年頃の男性が歩いてくる。彼を待っていたようだ。

このばかばかしい結末を見てから仕事に戻ろうと見守っていると、向こうから来る男性の歩みがピタリと止まった――かと思うと踵《きびす》を返し、きた道を走って戻っていく。

隠れていた男性は、シャッターの色と同化して溶け込むように消えてしまった。

佇む者たち

昨年の暮れのこと。国沢さんは、自分の町内に起こっている異変に気づいた。

切っ掛けは飼い犬のテツである。

いつもは上機嫌で散歩するテツが、外に出るのを酷く嫌がるようになったのだ。

尻尾を股間に巻き込み、小刻みに震え、何かに怯えているのは明らかだ。

たまたま通りかかった近所の子供たちが、テツの様子を見てこんな事を言った。

「やっぱり犬は敏感だもんね。アレが分かるのかな」

何のことかと訊ねた国沢さんに向かって、子供たちは真面目な顔で答えた。

「町のあちこちに変な影が立ってるんだよ」


電柱の影、木の下、屋根の上、植え込みの中など色々な場所で影が揺らめいている。

大きいのも小さいのもある。何かぼそぼそと呟いているのもいる。

子供たちが言うアレが現れ始めた時期は、テツの様子が変わった時期と一致していた。

その夜、国沢さんから話を聞いた奥さんは、事もなげに言った。

「それ、私も見えてるよ。交差点の向こう側に大きなマンション建ったでしょ。あそこから溢れてきてるの」

今のところは、佇んでいるだけだという。

拒

母の墓参へと赴く。
生前に好きだった花を供え、最期を看取れなかったことを詫びて合掌した。
母ちゃん、許してくれ。恨まないでくれ――
呟いてから目を開けると、差したばかりの花がすべて真っ黒に萎《しお》れていた。
墓石が風を受けた幟《のぼり》のように、がたがたがたがた揺れている。

ブラックライト

人身死亡事故のあった踏切。
持参したブラックライトで現場を照らし、ひとり血痕を愛でていた。
不意にドンと背中を突かれ――わからなくなった。
気がつくと、夜明けの海に胸まで浸かっていた。
髭《ひげ》が伸びている。
あれから三日経っていた。

待っているぞ

中野さんの祖父は若い頃に放埓《ほうらつ》のかぎりを尽くしてきた。懐《ふところ》に金があれば使い切るまで飲み歩く。ひと月分の給料を一晩でギャンブルにつぎ込む。あちこちに女を作って妻の待つ家にはほとんど帰らない。それが当たり前だった。

高齢になってからは女遊びのほうは落ち着いたが、そのぶん食べる量が異常に増えた。何を食べてもうまいらしい。

八十を超えて大食短命の心配はないが食べ方が雑で、ほとんど噛まずに飲んでいるので見ていて危なっかしい。心配する家族の声もどこ吹く風で、自由気ままに暴飲暴食の日々を送っていた。

そんな祖父が二年前の年始に死にかけた。

雑煮《ぞうに》に入っていた大根を喉に詰まらせたのである。

救急車を呼ぶ前に自力で吐き出して一命をとりとめたが、それ以来、祖父は人が変わったように自身の健康を気遣うようになり、家族の言うことも聞いてくれるようになった。

祖父は見てしまったらしい。大根が詰まって呼吸のできない数十秒の間に、家の中へ群がり入ってくる何十人もの女性を。

いずれの女性も首から上は同じ顔だったという。

過去に関係のあった女性の誰かが鬼籍に入り、祖父の死を今か今かとすぐ側で待っているのかもしれない。

招

J子さんの四歳になる長男が帰宅後、幼稚園で習ったのだと「お化けなんてないさ」なる歌を披露してくれた。はじめこそ笑顔でつきあっていたが、長男はなにがそんなに楽しいものやら、冒頭のフレーズ「おばけなんてないさ」ばかりを繰りかえしている。いいかげん苛立《いらだ》ち「いないいないなんて言ったら、逆に来ちゃうよ」と低い声で脅かした。

その日から数日間、真夜中のチャイムが止まらなくなった。

乗り遅れ

Lさんが勤める会社で同僚が突然倒れた。

すぐさま一一九番に通報がなされ、間もなくやって来た救急車。

倒れた同僚は意識不明のまま、けたたましいサイレンと共に病院へ搬送されて行く。

Lさんは会社の外でそれを見送ったが、救急車が走り去った後、道の反対側に、今まさに運ばれて行った同僚の姿を見た。

呆気にとられたLさんが見つめていると、同じく呆気にとられた様子の彼と目が合った。

思わず「急いで！」と救急車を追うようジャスチャーしたLさん。

それを見て、慌てた様子でその場から掻き消えた同僚。

結局、間に合わなかった様子で、その日の昼に訃報が届いたという。

手も足も出ない

佐久間さんは、いわゆる事故物件に住んでいる。

今のところ、具体的な現象は発生していないという。

このまま気にせずに暮らしていくつもりだったのだが、そうもいかなくなった。

聡子さんという彼女が出来たのである。

聡子さんは、そういったものが見えてしまう人らしい。

事故物件だと知ったら、絶対に部屋に来てもらえない。

だからと言って引っ越しするのは、手間と費用が惜しい。

散々悩んだ末に、面倒臭くなった佐久間さんは、部屋にいるかもしれない存在に直接訊いてみることにした。

「幽霊さん幽霊さん。もしもそこにいるなら、手を叩いてください」

反応無し。何度呼びかけても結果は同じである。

やっているうちに馬鹿らしくなってきた。まあ、とりあえずは大丈夫だろう。

そう自分に言い聞かせ、佐久間さんは聡子さんを部屋に招いた。

聡子さんは部屋に入った直後、悲鳴をあげて座り込んだ。

部屋の隅《すみ》に血塗《ちまみ》れの女の人がいる。手足を縛られ、芋虫《いもむし》のように転がっている。
喉が大きく切り裂かれている。
聡子さんはそれだけ言い残し、四つん這いで逃げだした。
佐久間さんはその日の内に引っ越した。

著者紹介

我妻俊樹（あがつま・としき）
『実話怪談覚書　忌之刻』で単著デビュー。ほか『忌印恐怖譚　みみざんげ』をはじめとする「忌印」シリーズ、「実話怪談覚書」シリーズ、「奇々耳草紙」シリーズ。共著では「FKB饗宴」「ふたり怪談」「怪談四十九夜」「怪談五色」「てのひら怪談」等シリーズ、『猫怪談』など。

伊計　翼（いけい・たすく）
怪談を集める団体「怪談社」に所属している書記。単著に『怪談師の証　呪印』『怪談社RECORD　黄之章』、「怪談社　十干」シリーズ、『魔刻百物語』、『あやかし百物語』、『怪談与太話』など。共著に「怪談五色」シリーズ、「怪談四十九夜」シリーズ、『恐怖通信／鳥肌ゾーン』など。

小田イ輔（おだ・いすけ）
『FKB饗宴5』にてデビュー。単著に『怪談奇聞　立チ腐レ』をはじめとする「奇聞」シリーズ、『FKB怪幽録　奇の穴』、「実話コレクション」シリーズの『厭怪談』『呪怪談』『忌怪談』『邪怪談』『憑怪談』など。共著に『怪談五色　死相』、『殲・百物語』、「怪談四十九夜」シリーズなど。

黒木あるじ（くろき・あるじ）
『怪談実話　震』で単著デビュー。単著に『黒木魔奇録』、「怪談実話」シリーズである『叫』『畏』『累』『屍』『終』ほか、『無惨百物語』、『怪談売買録　拝み猫』『怪の職安』など。共著では「ＦＫＢ饗宴」「怪談五色」「ふたり怪談」「怪談四十九夜」等シリーズなど。『笑う死体の話』（ムラシタショウイチ）や『都怪ノ奇録』（鈴木呂亜）など新しい怪談の書き手も発掘している。

黒　史郎（くろ・しろう）
小説家として活躍する傍ら実話怪談も多く手掛ける。単著に『黒怪談傑作選　闇の舌』、『異界怪談　暗渠』、『黒塗怪談　笑う裂傷女』、「実話蒐集録」シリーズである『黒怪談』『暗黒怪談』『漆黒怪談』『闇黒怪談』『魔黒怪談』ほか。共著では「ＦＫＢ饗宴」「ふたり怪談」「怪談四十九夜」「怪談五色」等シリーズなど

小原　猛（こはら・たけし）

沖縄に在住し、沖縄に語り継がれる怪談や民話、伝承、そしてウタキをフィールドワークとして活動。『琉球奇譚　シマクサラシの夜』『琉球奇譚　キリキザワイの怪』『琉球怪談』『琉球妖怪大図鑑』『沖縄の怖い話』など。共著に『男たちの怪談百物語』『恐怖通信／鳥肌ゾーン』『怪談四十九夜　鎮魂』など。

神　薫（じん・かおる）

静岡県在住の現役の眼科医。『怪談女医　閉鎖病棟奇譚』で単著デビュー。ほか『怨念怪談　葬難』、『骸拾い』など。共著に「FKB饗宴」「瞬殺怪談」等シリーズ、『恐怖女子会　不祥の水』、『猫怪談』など。女医風呂　物書き女医の日常
https://ameblo.jp/joyblog/

鈴木呂亜（すずき・ろあ）

自称「奇妙な噂の愛好者」。サラリーマンとして働く傍ら、国内外の都市伝説や奇妙な事件を蒐集している。黒木あるじの推薦により『都怪ノ奇録』で単著デビュー。単著に『実録都市伝説　世怪ノ奇録』、共著に『怪談四十九夜　出棺』『怪談四十九夜　荼毘』など。

つくね乱蔵（つくね・らんぞう）

『恐怖箱　厭怪』で単著デビュー。ほか『恐怖箱　厭獄』、『恐怖箱　万霊塔』、『恐怖箱　絶望怪談』など。共著では『恐怖箱　屍役所』『恐怖箱　閉鎖怪談』、『恐怖箱　禍族』、「瞬殺怪談」「怪談五色」「怪談四十九夜」等シリーズなど多数。黒川進吾の名でショートショートも発表、共著『ショートショートの宝箱』もある。

平山夢明（ひらやま・ゆめあき）

『「超」怖い話』シリーズをはじめ、心霊から人の狂気にいたるものまで数多くの実話怪談を手掛ける。「怖い話」「顳顬草紙」「鳥肌口碑」等シリーズなど。狂気系では「東京伝説」シリーズ、監修に「FKB饗宴」シリーズなど。ほか初期時代の『「超」怖い話』シリーズから平山執筆分をまとめた「平山夢明恐怖全集」（全六巻）や『怪談遺産』など。

瞬殺怪談 業

2019年7月5日　初版第1刷発行

著者　我妻俊樹　伊計 翼　小田イ輔
黒木あるじ　黒 史郎　小原 猛
神 薫　鈴木呂亜　つくね乱蔵
平山夢明

企画・編集　中西如(Studio DARA)
発行人　後藤明信
発行所　株式会社 竹書房
〒102-0072 東京都千代田区飯田橋2-7-3
電話03(3264)1576(代表)
電話03(3234)6208(編集)
http://www.takeshobo.co.jp
印刷所　中央精版印刷株式会社

ISBN978-4-8019-1929-7 C0193